KB267810

당돌한 물음

시와함께(Along with Poetry) 시인선 039

당돌한 물음

이상호 시집

시와함께 넓은마루

조촐한 이 노래가

한없이 어린 저를

만날 길 없는 그리움 지고 가는 나를

돌아보게 하소서.

2026 정초

이상호 李尙鎬

제4부 난해한 설계

시인의 뒷말

제1부

거울도 안 보는

왜!

애초에 사람 지을 때 놓쳤을꼬?

뭐든 다 꿰뚫어 안다고 하던데

- 〈모를 속셈〉에서

꽃

꽃은 홀로 피는 법을 모르지.

꽃 좋아하는 손보다
속이 먼저 꽃물 든다면
홀로 지새우는 꽃은 없지
어쩌다가 모진 인연 만나서
유리나 콘크리트 아스팔트처럼
옴짝달싹하기 힘든 데만 아니라면
이내 꽃은 꽃들을 불러서 함께
얼씨구 꽃밭 차려 온 누리를
색색들이 칠하지 햇살처럼
사람 손이 두고만 보면
꽃 천지 될 수 있어

꽃이 두려울 날 올지도 모르지.

인디언 기우제

죽음이 내릴 때까지
온전을 비는 사람들

목을 쳐도 금세 목을 만드는 풀처럼,

오늘은 사랑으로 태어났고
내일은 믿음으로 태어나리

마음의 서설

밤에라도 헛꿈이나 좀 꾸라고 검정 이불 덮어주었
다가 아침엔 훌쩍 걷어내는 해 닮은 화가의 손길을 기
다리는데 오늘도 세 치 혀 날름대며 제멋대로 아무나
후려치는 말꾼들이나 몰려올지 몰라 서로 악마라고
악다구니 쓰며 질척거리는 광장처럼 뒤죽박죽인 내
마음의 후미진 골목 어둠 속에서

아예 백지에 새로 시작해 보라고
어지러이 쓰인 역사책을 지우개로 지우듯
쓱쓱 쏟아붓는
눈발

새까만 속지에
새하얀 유성펜으로 서명해 선사하듯
밤새 뚝딱 새 공책 한 권 만들어 주는
당신

경적이나 눈 흘김도 모르고
너도나도 없이 새하얀
우리의 고요한 첫
새벽

언제 오실까? 마침내 끝없는 기다림은 땅.땅.땅.

눈부신 눈사람

눈사람을 낳는 사람들
눈 내리면 습관적으로

하얀 세상에 홀려서
하얀 사람이 그리운

너도나도 마당에 나와
눈사람을 받드는 나라

하늘은 거대한 폭설용 분무기로
하찮은 세상 하염없이 색칠하네.

하늘의 맘을 입은
눈부신 저 눈사람

우리 눈과 다르고
우리 입과도 다른,

온몸이 사라져도

온전히 살아남을

안녕 텍사스

썰렁하다 못해 을씨년스런 이른 등굣길이
분홍빛도 황홀한 골목으로 둔갑한 하굣길
한껏 번지르르 꾸며 눈을 홀리는 그녀들
마네킹처럼 서서 누군가 기다리다 멈칫.
어린 학생 지나간다고,
마지막 양심은 팔지 않는다는
신호인지 시늉인지 잠시 희미해진다.
눈요긴커녕 흔들리는 눈빛으로 땅바닥을 훑으며
속으로는 냅다 축지법이라도 쓰고 싶은 시골뜨기

한참 세상 물 마시고서야 마음이 흔들렸다.
텍사스는 최고 부촌들 몰린 미국 도시 아닌
우리나라 수도에서 이름난 봄 소매상 즐비한
한 많은 미아리 고개 넘어 한 서린 뒷골목
있는 것이라곤 몸밖에 없어
몸이라도 성한 게 어디냐는 듯
봄이 다 동나도록 달달 긁어 팔아도
꽃다운 꽃은 도무지 피지 않는 청춘

쉬는 날은 공치는 날이라
고단할 틈도 없는 강철 노동꾼들.

오랜만에 뽑아 펼친 책갈피에 끼인
빛바랜 사진을 바라보는 듯
무망이 희망에 발을 치는 생의 늦은 나절
불빛만 번들거리는 캄캄한 텍사스 골목이
드디어 새마을로 태어난다는 소식.
고단해도 귀한 몸 보듬고 그녀들
헌 마을 떠나 어디로 갈까?
북쪽에서 내려오는 두루미나
강남에서 올라오는 제비처럼
새마을로 다시 돌아올 수는 있으려나?

책갈피 속 바싹 마른 네잎클로버 같은 그녀들
새 오솔길에 지등이라도 하나 달아주고 싶다.
숫기 옅어 부끄럼 잘 타는 내 생의
낯선 오후 한때

인간은 인간

냇물도 견디지 못해 가던 길 멈추고
평소에 잘 안 하던 생각에 잠기는데
어떤 걸음으로 어디쯤 오고 있을까?
이 몸 꽁꽁 결박한 혹한 풀어줄 그대

봄은 언제나 그 봄이 아니듯
나도 언제나 그 내가 아니게
물처럼 흘러 흘러만 가야 하는지
흐르는 버릇이 능사는 아닐 텐데

망나니처럼 물거품 뿜어대는 한바다에서
비로소 탈옥할 날개가 돋는
얄궂은 하늘길
빠른 걸음으로 뛰어가도 좋으련만 때론
샘물처럼 비명 없이 고여 있고도 싶은데
누군가 한사코 등짝 후려쳐 비명 콸콸콸

건강한 걸음으로 아무리 늦게 도착해도

때 이른 비명이라 잘못 보내졌다고 글썽
등짝에 반송 딱지 척 붙여
도로 배송해 주지나 않을까 괜한 김칫국
바랄 걸 바라야지 하면서도
속으로는 혹시나 뜻밖의 행운이라도……

그러나 인간은 인간
물처럼은 돌고 돌지는 못할 터.
스스로 얼음 깨뜨려 얼굴 씻고
침묵의 노래 법을 익혀야 하리.

개똥밭에 굴러다녀도 이별은 청천벽력
살아 못 누린 낙원 죽어서나 맛보라고
저승에 특판으로 차려놓은 하늘 처소에
당첨 확률 높이려 물심들 쓰는 거 보면
누더기 걸친 나의 신심은 너무나 허술해
꿈 깨네 깊은 침묵에 들어 얕은 꿈 깨면
안팎에서 묶고 가둔 결박들 풀릴지 몰라.

답답한 궁리

짐승은 저마다 먹는 식물이 다르다고 한다.
(판다-댓잎, 누에-뽕잎 관계 같은 것일까)
은퇴한 뒤 숲해설가 자격증을 땄다는 벗이
이를테면 잡식성 인간을 겨냥해 한 말이다.
책상다리 빼고는 다 먹는다는 중국 속담이
인구 대국답게 잡식성 인간을 대변하였듯이
인간들 다툼의 태반은 먹이 탓일 수도 있다.

본능대로 살아도 짐승들은 여전히 순진하여
(벗의 귀띔이 사실이기를 일단 믿고 보자면)
즐겨 먹는 식성이 달라 다툴 거리가 적은데
인간들은 기하급수로 팽창하는 인구를 위해
지혜를 총동원하여 먹을 만한 것은 다 먹게
온갖 식문화를 발달시켜 진화가 거듭됐어도
세계적으로 배곯는 이들이 부지기수인 지금
어떻게 해도 역부족임이 만천하에 드러났다.

갈수록 식구가 늘어나고 식량은 부족하다면

먹이다툼이 더 격해질 것은 불 보듯 뻔하니
인류 평화를 위해 묘책 하나 제안하고 싶다.
옛날 소승불교에서 내세운 회신멸지를 본떠
어쩌면 인간의 지혜 사용법을 몽땅 바꾼다면
지구의 각종 다툼이 좀 수그러들지 모르니까

짐승의 본능과 인간의 탐욕이 그리도 다르니
먼저 몸을 불태워 지혜를 없애려는 고육책은
생각할수록 기묘한데 과연 실현될 수 있을지
이게 문제지 인류가 자멸로 향하는 길이라서.

그러니 먹고사는 일들을 다시 생각해 보자면
지혜를 지나치게 쓰지 말고 짐승들 본능처럼
저마다 먹이를 달리해 다투지 않는 순정함을
찬찬히 찾아가며 잡식성을 줄이면 어떨는지?
앞으로나 뒤로나 낙원으로 갈 길은 막막해도
어떻게든 개똥밭에 굴러도 이승이 좋다 하니
너도 살고 나도 살며 함께 누리는 길 찾자고

별똥별

이생망* 이생망…… 중얼중얼
이 별을 이별하고 싶은 청춘들
이 별에서는 별 볼 일이 없다고
동백꽃처럼 꿈들을 떨군다는데

별별 궁리를 다 해 보긴 해도
별다른 묘수가 떠오르지 않아
온몸을 벌벌 떠는 밤 잡초처럼
무성한 별 무리 그림들만 뜨네.

어두울수록 더 강렬한 속도로
빛을 빨아들이는 저 별들의
열띤 눈동자
아무도 손으로는 잡을 수 없어도
누구나 맘으로는 품을 수 있어서
더 뜨거운,

이 별의 별은 아니어도

아직은 그대여

스스로 어둠에 물들어

별들의 바탕만 되지 않으면

그래도 이 별로 찾아드는

저 별똥별처럼

어느 풀숲에든 고요히 내려앉아

다시는 떨어지지 않을 지구별 되리.

*'이번 생에서는 망했다.'라는 젊은이들의 푸념.

지독한 인간들

가령 지난 초가을처럼

장마철에는 마른장마로 속끓이고

이제는 장마 끝났군. 휴~ 하는데

용용 몰랐지

장마철은 저리 가라 손사래 치고

오락가락 갈팡질팡 추적추적 비 뿌리던

웃지도 웃기지도 않으며

가위바위보 하듯 엉뚱한

하늘

전에 못 보던 변태 아니야!

안 그래도 두려운데 먹구름 뒤에 숨어

언제 무슨 조화를 부릴지 몰라

조마조마

두근두근

이러다 심장병 걸릴 판

너무 인간을 빼 꼽아서

인간보다 더 인간 같은,

아닌 봄날

한겨울 아닌 봄날의 숨결에
제주에서 매화가 꽃망울을 틔우고
강원도 양지에서는 활짝 핀 벚꽃 앞에서
함박 웃음꽃 피우는 부부 사진을 보내오더니
오늘은 겨울잠 깬 누룩뱀이 햇빛 목욕 나왔다며
'봄날씨에 속았네'란 기사가 천연덕스레 눈길을 끈다.

속았다면
누가 속였지?

하 수상한 시절의 무른 겨울의 오작동에
참 예민하기도 한 자연의
자연스러운 감수성

속이고 속는 일
인간의
솎아내야 할 업.

분풀이

씨 뿌리기 전에 미리 뿌려놓고
한 사나흘 기다려야 해요
열이 나니까, 이를테면
알뜰한 인간들 입으로
무난히 입성하기 위한
분골쇄신
분장이 다 끝나지 않았단
가게 주인의 친절한 말씀.

아직도 분이 덜 풀렸나 보네
닭장에서 꾸역꾸역 참아내며
알 낳는 기계들이 분출한 분.

일하면 하나같이 열이 나는 법
기계도 열나고 우리는 땀도 나
썩는 것도 일이니
분을 삭이는 일부터 열띠게 해야지

곰삭아 드디어 거름이 되어가는 길

아하, 그러구러
한밤중 도둑 걸음으로 온대도
하나도 안 두려울 우리의 운명.
마침내 눈물겨운 우리를 벗는
그저 하나의 명운일 뿐이리니

봄바람에 나풀나풀 나들이 나왔다가
겨울 서슬에 하늘하늘 되돌아가는
여느 한해살이풀인 듯이

진짜 낚시꾼

이른 아침부터 세월만 낚던 그 사람
해거름에서야 자리를 뜨네 빈손으로

뿌리째 건져 올린 뒷산 저만큼 놓아두고
잠시 폈던 마음꽃 지는 어둑한 도심으로

도시 어부

'도시 어부'라는 TV의 한 장면
도시 어부답지 않은 연예인들이
낚싯배를 타고 먼 돌섬에 가서
예능 프로그램답게 떠들썩하니
큰 돌돔 낚기 경연이 한창이다.

기다림을 낚는 게 낚시라는 듯이
큰 돌돔을 안 주는 잠잠한 바다에
연신 미끼를 뿌리며 용왕님을 찾는데
겨우 한 마리 걸린 것이 새끼 돌돔
제 물로 돌려보내며 싹싹 타이른다.
어서 가서 엄마 아빠 보내 달라고

정녕 말도 안 되는 소원 비는
도시 어부 같잖은 도시 어부들
날 저물도록 큰 돌돔 타령으로
시끌벅적 떠들어대는 소음에
도무지 응답 없는 큰 돌돔들
욕망의 시간 밖에서 뻐끔뻐끔.

오이고추

그녀는 안 매운 고추를 좋아하고
나는 맵지 않은 고추도 고추냐고
비아냥대며 꽁냥꽁냥 살아가는데

고추를 직접 기르며 크고 작고 붉고 푸르고 맵고 싱
겁고 곧고 꼬부라지고 희고 검은 고추…에 꽈리고추
청양고추 오이고추 가지고추 하늘고추까지 만나고는
비아냥대던 혓바닥에 매운 기가 확 퍼져 한참 혼이 났
네. 무심코 하바네로라도 씹은 듯.

작아도 몹시 매운 청양고추
커도 맵지 않은 아삭이고추

식당에서 꼭 매운 청양고추만 찾는 친구
고추는 다 맵다고 거들떠보지 않는 친구
이 친구 저 친구 모두 다 내 친구들이지
고추가 오이맛 난다고 오이라 하지 않듯

암초에 걸려 기우뚱하는 너나
삶이라는 고질병에 들린 나나
한세상 살아내는 건 마찬가지

우리가 함께 누리는 영겁의 우주에서는,

각

작물은 농부의 발소리를 듣고 자란다는
어릴 적 들은 아빠 말씀 이제야 보이네

조그마한 도시 텃밭에서
이런저런 채소를 가꾸며
농심의 아린 움이 트면서,

식물도 귀와 맘이 있다는 물증.

내 허리는 조금씩 부드러워져
하루도 텃밭에 나가지 않으면
몸이 근질근질 맘은 싱숭생숭

혼잣말처럼 중얼거리던 아버지 말씀
뒤늦게 열매 맺자 다른 귀가 열리네

눈치코치는커녕 귓불도 없는 식물이

사람 발소리 듣고 이쁜 짓을 하는데
인간은 왜 인간 말에 뿔이 잘 날까?

문제는 기울기나 기울임의 각. 이를테면
인두겁 속에 든 동/식물성의 농도라든지
신심의 깊이와 심신을 숙이는 태도의 차
이 탓이라 진단해도 별 무리는 없겠으되,

남의 사과를 슬쩍하는 유구한 버릇 각부터
먼저 잘 다스리는 처방이 상책일지 모르지.

어쨌든 우리 몸에 밴 각종 뿔이 뿌리
명암은 빛의 각도에 따라 달라지니까

분수 같은 푼수

웬만하면 흐르는 물로 흐르려 하네 헛헛한 바람에 살랑살랑 몸을 흔들며 누워만 있어도 어찌어찌 흐르겠으나 다만 흐르는 물살에 그냥 떠내려가지는 않게 살짝 힘을 주려고 마음을 온전히 놓지는 못할지라도 되도록 흐르는 물이 되어 흐르려 하네 기계적으로 뿜어져 허공으로 솟구쳤다가 곧장 떨어지는 물발처럼 남들 눈요깃감이 안 되려 머나먼 바다에서 숲속 옹달샘으로 되돌아가는 샘물의 기나긴 구비를 따라 흐른다네

어떤가이즈음도세찬물살스스럼없이거슬러오르려안간힘쓰는연어
의말년생에얽히고설킨모천회귀의싸늘한본능서사를붉고뜨
거운빛깔로개칠한유행가를목울대에핏발세워무
슨타령인듯입버릇처럼부르짖어길이
란길들이모조리너의크나큰꿈
길로만열리기를빌어
마지않는지
넌
?
난

사람은 서울로란 말에 홀려 무작정 상경한 뒤 밤낮 마음
만 고향으로 내려보내는 모자란 푼수 한참 멀어진 너에게
안부나 허공에 뿜어 올리네.

당돌한 물음

눈코로 홀리고 입으로 끌어당겨
대대로 끈을 이어가게 만들고는

좋은 것은 혼자만 갖고 싶어 안달하는
인간 따위에게는 통하지 않을 줄 알고

꺾고 또 꺾어도 남아돌게
지천으로 꽃 피게 만드신

당신

뜻대로 되어서
좋은지 어떤지?

느린 발

자동차를 만들지 않을 것이다.
자자손손
비행기도 만들지 않을 것이다.

느린 발이어도
비행기보다 안전한 날개를 달아준
그분은 물론

애 터지게 느린 발걸음이
마음에 날개를 달게 하고
거리에 교통경찰을 세우는
인간 속도 까맣게 모르리.

저 멋대로
      하늘 나는
           저 새들은

한 방울의 거미 인간

한 방울의 물은
한바다에 이를 때까지
온몸으로 바다를 이룰 때까지
내려가면서 무수한 물방울을 만나
만나는 족족 의기를 투합하지 어김없이
아래로만 내닫는 눈망울이 외눈박이 같지만

온몸이 눈인 물방울은
끝끝내 바다를 이루고
마침내 하늘도 담지만,

땅바닥에서 하늘 품는
한 방울의 거미 인간은
꿈에도 허공에 꿈길을 내며
사다리 타기에만 골몰하다가
하늘 밑 먹구름에 걸려 대롱대롱

풀잎에 맺힌 한 방울의 이슬처럼
하루아침에 굴러떨어지지 않으려
마음만 바삐 놀리지 발보다 빨리

뒤틀린 평행이론

마을에 돌림병이 들어오면
뒷산에 애총이 즐비했다던
그 옛날 들은 어머니 말씀
아직도 귓가에 쟁쟁 울리는데
무덤 같지 않게 조그만 무덤마다
표석처럼 얹힌 큼지막한 돌 하나
무덤 위에 웬 돌? 알고 보니
산짐승들 함부로 넘보지 말라
애끓는 어버이 맘 돌로 굳어
아기를 지키고 있다는데……

마마보다 무시무시한 신식 돌림병이
비겁한 주먹처럼 약자만 골라 칠 때
뚱딴지같이 평평한 지구를 떠올렸네.
동쪽도 속수무책 서쪽도 속수무책
엉뚱한 세계화 시대를 펼쳐 보이며
한사코 입을 틀어막는 중뿔난 도깨비

돌덩이로 눌러 숨통을 조이고 싶은데
문득 소름 오싹 끼얹는 시름 한 소절
입을 너무 싸게 놀린 우리 탓 아니야?
입이 막혀도 싸지! 혼잣말로 중얼중얼

폭우

오늘은 대대적으로 물청소하는 날.

고압 물줄기에 휩쓸린 쓰레기들
온갖 너절한 인간들 속내가
하수구를 틀어막도록

퍼붓는
폭언
둥둥둥

눈 달린 인간이라면 들으라고
지상에 대량 말폭탄 터뜨린다.

이래도 마냥 팔짱만 끼고 있겠냐며.

거울도 안 보는

그 옛날 시인 윤동주는
거울을 많이 타고 태어나서
적국의 다다미방에 세 들어 살며
슬픈 자기를 너무 많이 바라보았다는데,

이즈음 나는
너무 많은 사람이 거울 안 가진 도회인으로
다시 태어나는 나라에 태어나서
너무 슬픈데

설령 거울이 있다손 치더라도
저부터 먼저 들여다보는 이가 몇이나 태어날지
안녕 거울? 인사해도 못 알아듣는 앞날을
너무 골똘히 바라보아 더 갑갑하다네.

모를 속셈

낯선 산길을 오르는데
문득 앞을 막아서는
아름드리 고목

숱한 이들이 숲처럼 오가
만들어진 길이 달리 보여
걸음을 쉬 옮기지 못했네.

풀도 못 나고 반질거리는
이 길은 길인지 빙판인지
길에서 길을 묻는 난감함!

산에서 만나면 젤 무서운 게
인간이라는 풍문을 덥석 잡고
독한 인간 냄새에 정신 번쩍!

하늘에서는 진공청소기를 돌리고

땅에서는 숲으로 공기를 정화하며
바다에서는 염장 질러 물을 맑히는

삼중 정화 장치를 설계한 그분 속
아하! 알 듯도 한데 퍼뜩
돋아나는 독초 한 촉

왜!
애초에 인간 지을 때 놓쳤을꼬?
뭐든 다 꿰뚫어 안다고 하던데

아리송한 풍수설

눈 부릅뜨고도 보지 못하는 해태 탓인지

큰 빛 들라던 궁엔 어둠 든 지 오래고

푸른 기와집은 늘 기왓장만 푸르러

태평로는 사철 태평치 않으니

태평성대도 부지하세월.

해마다 봄은 온다고 하지만

별난 봄만 종종걸음으로 오니

무릉도원 가는 길은 멀기만 하고

청계천에 끌려온 강물 같은 군중들

날마다 한바탕 꿈속 거릴 흘러간다네

제2부

깊은 산속 나무처럼

내가 나를 끌고 간다는 믿음이
물타기 되는 깊은 밤에는 벌떡
내 척추가 곤두설 때도 있지만

- 〈뼈대〉에서

싹

냉기 덜 빠진 그대 침묵처럼
아직도 쌀쌀한 겨울 끄트머리
겨우내 뜬눈으로 벼리고 벼려
먼지 한 톨도 앉을 자리 없이
군소리 쏙 뺀
마음속
씨

아무리 꽁꽁 싸매어도
주둥이를 쓱 내미는
송곳 같은 그리움
토라진 너에게
띄우리 꼭
연둣빛
봄

역고드름

혹한에 빼꼼 열어놓은 발코니 수도꼭지에서
물방울 떨어지는 소리
똑

똑

똑

밤새, 닫힌 말문을 두드린 내 마음이 민망한
피 말리는 너의 고요.

꽝

꽝

꽝

얼어
뜨거운 탑을 쌓는 애먼 그리움

상사화

52

해가 뜨면
달이 지고

달이 뜨면
해가 지듯

내가 지면
네가 뜰까?

아물 가물
너의 얼굴.

아슬~아슬
나의 가슴

바람 바람 바람

어느 한겨울, 만리장성에 오르며
억센 바람에 따귀를 맞아 보았지.
난생처음 맞아 본 왁살스러운 손
침입자 취급당한 듯 씁쓰레한 맛.

바람 속에 태어나서
바람 속에 꽃피우고
바람 속에 씨뿌리는
바람 같은 민들레야!

무슨 바람이 불어 생겨난 나는 아랫목에서 강보에
싸여 놀다가
무슨 열매를 맺으려 가녀린 꽃 피워 바람에 오싹거
리던 날 지나
무슨 바람도 없이 너처럼 흰 머리채 내두르는 바람
에 정신없이
무슨 동네로 이사 가는 중이냐, 자리 옮기면 별수라
도 생길까?

엇박자

헐벗은 벗은
가난한 내 마음 벗겨
따신 옷을 입혀주는데,

배부른 나는
뚱뚱 몸만 자꾸 불려
추운 비만 내리게 하네.

다시 엇박자

누구를 위해 피는 꽃이 아닌데
누구를 위해 꽃을 꺾는 인간들

활짝 핀 꽃은 보기 좋아도
시든 꽃은 꼴 보기 싫겠지.

한 가슴
두 맘결

세상에 공짜는 없다니
아름다움을 누린 만큼

몰라도 좋을 쓸쓸함까지
기꺼이 껴안아야 할 정!

또다시 엇박자

화장실 벽에 붙어 있는
잠언이나 명화 같은 것들
그냥 지나쳐 보곤 했는데
배설 시간이 길어지면서
눈길이 점점 오래 머무네.

배설 시간만큼
채우라는 건지

아는 게 병이고 모르는 게 약이라더니
알아야 면장하고 아는 길도 물어가라면
도대체 어느 장단에 춤을 추란 말인가?

묻고 되물어도 묵묵히
오물만 받아내는 변기

눈에 익어 일상이 되어버린

저 그림이나 잔소리 따위들

세월에 맞장구치다 제풀에 빛바래듯

비운 만큼 채우려 안달하고

채운 만큼 비우지 않으려는

널뛰기 한살이도 시나브로 저물겠지.

동감

자고 나면 병이 멋대로 흩어져 있고
마신 사람(들)도 흩어져 보이지 않아

날마다 나는 빈 병만 보는 단조로운 인간이 된다.
병 들고 잠시 병든 마음을 비우던 사람은 못 보고

걸핏하면 나는 꿈꾸는 나는 몸이 너무나 무거워
병든 사람(들)을 보면 왠지 남의 일 같지 않아서

마주하기 민망해 슬쩍 옆길로 빠져나가며
내가 왜 이렇게 되었는지 몰라 더 민망해

하염없이 딴 길로 걸어간다.
하염없이 울음소리를 내면서

엉엉 울 줄 아는 것을 보면 영영 벌레는 아닌 것 같은데
따져 들면 벌레와 다를 것이 무엇이 있는지 잘 모르면서

울음 하나로 자존을 세우려는 옹졸함이라니
사람이든 벌레든 병들면 죽기는 마찬가진데

심산유목深山有木

어떤 종교를 믿으세요?
가끔 질문당할 때마다
없다 하거나 무교라고
답하고는 살짝 쓸쓸해
곧 머쓱하기도 했는데

애늙은이 애제자가 생뚱맞게 묻는 바람에
얼떨결에 튀어나온 말
자신교!

주워 담으려고 짐짓
너스렐 떨고 말았네.

일인 교주이자 신도로만 이뤄진
신도 늘릴 궁린 꿈에도 안 하는
완전 자급자족 신흥교

나도 나를 온전히는 믿지 못해

나라도 나를 믿으면 좋을 듯해

스스로 부엽토 만드는

깊은 산 속 나무처럼

뼈대

풀을 베는 자는 나인가, 낫인가?
낫 날에 묻어난 푸른 피를 보면서
내 손가락에 번지던 피가 생각났네.

주인도 모르는 뻔뻔한 낫 안 되려
조심조심해도 곧잘 넘어지곤 하는
중력에 민감한 나를 누가 낳았나?

아버지 날 낳고 어머니 날 길렀건만
내 속 뼈대가 굵어지기 시작하면서
수없이 새로 태어나기를 거듭했으니
얼마나 많은 아비를 모셔야 하는지?

해마다 새해 보름날 새벽이면
들판 우물로 나를 데리고 가서
천지신명께 싹싹 비시던 할머니
할머니의 비나리에 움직일 만큼

천지신명이 부드러운지는 몰라도
내가 내 주인 되려 뼈를 깎지만
코끝 찡한 찰나는 언제나 안갯속

백 년은 좋이 여행하고 싶으나
내가 결정할 확률은 여전히 00
누가 말인지 수레인지 채찍인지
조상 음덕과 천지신명께 맡기고
그냥저냥 생긴 대로 피고 지리.

내가 나를 끌고 간다는 믿음이
물타기 되는 깊은 밤에는 벌떡
내 척추가 곤두설 때도 있지만

구름 운

운은 운일 뿐 구름 같은 것

종시 종잡을 수 없는
뜬구름 행색 이승 길

어느 구름에 단비가 들었는지 모르듯
어떤 길에선 불운이 닥칠지도 모르지.

더러는 비를 가리고
더러는 눈을 맞으며

쉼 없이 떠돌다 이윽고 쉴 돌처럼,

다시 봄

살다 살다 더는 못 살겠다는 듯
신발 두 짝 나란히 벗어놓고
휑, 사라진 다리 모퉁이

큰 사고가 났던지
신발짝들 나뒹구는
넓은 도로 귀퉁이

스스로 벗든
억지로 벗기었든
막다른 길엔 맨발로?

운동화 끈 풀어 다시 묶는 내 손에
유난히 힘이 들어가는
입춘날 아침

미곡상회에서

쌀가마니 여럿을 쏟아놓은 멍석 위에
수북이 쌓인 쌀 무더기에서는
미*를 찾기 어려운데

고집 센 그녀는 아무리 뒤져봐도
너무 쌀쌀해
미를 다 까먹을 판이고

딴에는 알차다 싶은 내 이향 쌀가마니는
쏟아보았자 쌀장수도 부질없을
미투성이

* 우리 고향에서는 겉껍질이 덜 벗겨진 벼 낱알을 가리킨다.

못 말리는 눈물샘

텔레비전의 어떤 장면에서 절로 주르륵
억지로 꾸역꾸역 눌렀던 눈물샘 열리면
또 피식 머금는 그녀의 노란 웃음 한입

언제부턴지 눈물 찔끔 짤 때마다
힐끔 그녀를 쳐다보는 나를 본다.

가랑잎 구르면
소녀는 깔깔깔
노년엔 허허허

같은 장면 다른 눈길
세월 탓만은 아닐 터

남이랑 꼭 손 꼭 잡고 가라
아버지가 챙겨 주신 눈물샘
이제야 작동하다니 맙소사!

그때도 맞고 지금도 맞는

일꾼을 사서 따낸단다.
가을이 깊어지기 전에

고운 물 들지 못하게 햇볕 가려
몸값 떨어뜨리는
이파리들

봄부터 여름 내내
사과나무에 꽃 피우고 열매 키우던,

내 젊은 날
해바라기하느라 우울할 시간도 없어
우울했던 그 시간이

이젠 너무 흐드러져
여전히 우울한 속을 애들에게 안 들키려

떨어져야 할 이파리는 떨어지고 스스로

떨어지지 않는 것도 남손 안 빌리고 저절로

떨어지라 더 깊어질 늦가을을 산다.

가을 엽서

남달리 벌레 먹은 나뭇잎 하나 슬쩍 내려앉자 너도
나도 따라 몸을 던지는 시간의 요술에 코 꿰인 나뭇잎
들의 순한 귀가 행렬에 신바람 난 시간의 앞잡이 늦가
을 바람이 새삼스레 더 밉상인데,

시간의 요술에 안 걸리려 뭉그적거리는
내 가슴팍에 찍힌 하늘소인
모년 모월 모일 모시
요금 별납

어느 시골 우체부의 허름한 자전거에 실려
재 넘고
물 건너
신나게 당신께로 달리기 싫은
멀고도 가까운 길

굽어살피시압!

뿌리

풀을 뽑을 때
어린 것들은 뭔지도 모르고
덥석 내 손에 끌려 따라오는데

어떤 것들은
몸통을 떼어줄지언정
기어이 내 손을 뿌리친다.

손에 묻은 풀칠
씻고 씻어도 한참 가시지 않는
짙푸른 결기

저도 모르게 끌려 당기는
핏줄
멀어질수록 짙어지는 향

꽃무릇

어느 날 문득
그리움 씨 한 톨 날아와
마음속을 슬쩍 차지하였네.

무릇
사람이란 꿈에 산다니
비로소 나도 사람이 되려나?

들뜬 마음으로
번듯한 집 한 채 지어 그대를 들이려
덜렁 꽃부터 피우고 말았으니

잎새도 없이 무슨 정으로
탱탱 그리움이 영글어
그대를 들이랴?

하회에서 휘둥그레

누대로 휘돌아 굽이치는 저 물줄기 지름길 고집하
지 않고 산과 들이 터주는 대로 순순히 돌아가며 내
눈 휘둥그레 뜨게 하는데,

아무리 내려가도
닿지 않는
마음

가고
또 가도
머나먼 그대

심해어처럼
내 눈은 점점 멀고
조급증만 안달복달하네.

가을빛

오래전부터 앞산 밑에 텃밭을 얻어
여러 채소를 조금씩 길러서 먹는데
가끔 고라니가 찾아와 속을 썩인다.

제멋대로 남의 텃밭을 들락거리며
입에 맞는 채소들 싹싹 뜯어 먹고
이리저리 돌아다닌 흔적을 남긴다.

모르긴 몰라도 그놈은
맛있게 먹었던 장소를
또렷이 기억하고 있다.

제집처럼 들락거리는 게 얄미워서
덫을 놓을까 독한 약을 뿌려 볼까?
궁리만 하다가 가을을 맞곤 한다.

산주의 허락도 안 받고 철 따라

산나물 찾아 산을 뒤지던 기억이

보름달처럼 두둥실 떠오른 덕에

지나갔다가

사는 일이 하도 시답지 않아서
마음에 새 공기를 쐴 요량으로
재래시장을 한 바퀴 돌다 보니

가게 밖까지 이리저리 쌓아놓은
가지각색의 잡화와 식료품 따위
지나가는 이들의 눈길을 끄는데

조그만 빈터에 쪼그리고 앉은
있는 듯 없는 듯 할머니 한 분
정성스레 채소를 다듬고 있지만

시간이 한참을 지나갔는지
시들해 보이는 채소 몇 줌
지나는 사람들 눈 밖이네.

나도 저만치 지나다 문득 생각나

얼른 그 자리로 되돌아가서 보니
벌써 할머니 떠날 준비 주섬주섬

겨울 낙엽수

하늘도 가리던 잎새들 다 지고
회초리가 되어버린 나뭇가지들
바람 찬 매에 온몸이 부들부들

꿈틀꿈틀 용틀임하던 꿈 다 마르고
시린 이물감 기억들만 부쩍 떠올라
얼굴 붉히며 자꾸 고개를 도리도리

자연 시간

번쩍. 한 뒤 천둥소리가 따라올 때
빛이 소리보다 빠르다고 배우던
과학 시간이 떠오릅니다.

맑은 하늘에 번개 칠 때
날벼락 맞을 짓 안 했는지
갑자기 지나온 길들이 켕깁니다.

필생 가장 해맑은 웃음꽃 벙글겠지요.
과학도 미신도 싹 사라져 버릴
이승의 땅끝마을에서는

뚫어뻥

잘 마른 장작으로
혼불 뜨겁게 지펴
팔팔팔 끓인 시심

폭우 폭설로 막힌
먹통 세간을 뚫어
서로 통하게 이을

제3부

만날 길 없는 기다림

세상에서 가장 큰 하직은

어찌할 말을 찾지 못해서

다만 묵묵히 맞이했을 뿐

― 〈허심 · 2〉에서

순정

사랑은 싱싱한 채소 같아
함부로 돌리면 쉬 시들고

아무거나 받아먹지 않지.
입맛이 까다로운 사랑은

짐짝

빠듯한 살림에도 철없이 조르는 아들을
이기지 못해 덜컥 대처로 보내놓고
온몸으로 밀어주시던 아버지
어깨가 얼마나 짓눌렸을지
짐작도 못 한 내가

아흔 해를 좋이 버틴 아버지 무릎에 물 빼러 가던 날
삐걱거리는 걸음이 민망해 살짝 팔을 잡아 드리자
낮고 단호한 한마디 쏘셨다
"놔."

어정쩡 손을 놓았던 나를 내려놓고
홀연
먼 길 떠나신 날

물처럼
천상 아래로만 흐르는 외고집 사랑을
멍하니 돌아보았네.

허심·1

입술의 노래는
허공에 흩어져
찰나를 사는데.

누구 마음에든
들리어 있으리
침묵의 노래는

허심 · 2

아버지가 그랬고.
어머니도 그랬지.
아내마저 그랬다.

세상에서 가장 큰 하직은
어찌할 말을 찾지 못해서
다만 묵묵히 맞이했을 뿐

흐린 귀

바람이 날려 버리는 저 티끌

다 내가 만든 것들

나는 늘 배가 고파

아들을 낳고 안 먹어도 배불렀다는

어머니 말씀을 곧이곧대로 듣고

안 먹어도 배부른 날 찾아

여기까지 왔네,

눈밭을 헤매는 짐승처럼 킁킁거릴 뿐

안 먹어도 배부른 까닭은 모르고

날마다 먹고 먹어도 배가 고파

하염없이 티끌이나 만들며

여기까지 왔네,

세상 티끌들 다 쓸어 버리는

저 바람의 고운 손은 누가 만드는지?

엉뚱한 꿈을 꾸면 더 어지러워

어머니 배고플 짓이나 해대며

오다 보니

여기까지 왔네,
먹어도 먹은 줄 모르고
안 먹어도 먹은 줄 아는
어머니의 결빙하는 시간
그 언저리를 빙빙 돌면서
흐린 귀 씻어주는 바람서리에
마침내 고픈 속을 조금 풀어 보네.

유전자의 내력

텃밭에서 풀을 뽑으면 아버지가 오신다.
고향에 계실 때는 띄엄띄엄 뵈었는데
요즘에는 텃밭에서 수시로 뵙는다.
내 가슴으로 이사 오신 뒤부터

어쩌다 고향 가 아버지 도운답시고
뒷밭에서 이리저리 풀의 목을 치면
뿌리째 뽑아, 뿌리째 하시던 아버지

아버지가 애써 기르시는 농작물보다
갑절은 빨리 자라 그냥 내버려 두면
금방 온 밭을 다 차지할 풀의 기세를
송두리째 뽑아야 한다는 아버지 말씀
풀을 뽑을 때마다 귀에 쟁쟁 울린다.

뜬 소문이 더 발 빠르게 돌아다니고
욕먹는 짓하면 더 오래 산다고 하며

안 좋은 유전자에 우성이 더 많다고
책에선지 직접 겪었는지 아리송한데
불혹 전에 벌써 성성한 아들 새치는
분명 우리 집 핏줄의 꼴불견 유전자

모르지 혹시 풀은 알고 있을지
해로운 것이 더 끈질긴 내력을,
수없이 짓밟히고 뽑히기만 하는
모진 목숨이 만든 강골 유전자

목숨이 아주 다르지는 않다고
인간이든 풀이든 그 무엇이든
오래 살려는 본능에 이끌림을
누가 아니라 내칠 수 있으랴?

실마리 없는 실타래

숲속을 거니는데
저 앞의 비둘기 한 쌍
한 놈은 풀쩍풀쩍 잘 뛰는데
한 놈은 어기적어기적 애 터지네.
두 발목이 비닐 끈들로 칭칭 얽혀서,

도심에서 살다 왔구나?
대뜸 그런 짐작을 하다가
잡아서 얽힌 두 다리 풀어줄까?
몸이 움직이기 전에 벌써 낌새챘는지
그놈은 종 종 종 저만치 달아나 버리고,

우두커니 내게로 돌아왔다.
숲속을 걷는 데도 꼼짝없이
도심의 질긴 실타래에 얽혀
그림자가 한껏 길어질 무렵,

쉬 먹고 살던 도심 밖으로는 훌쩍 떠나지 못하는
저놈, 그래도
마술사 손에서 안 놀아나는 게 어디냐 으쓱할까?

산에 오르거나 말거나
뉘에게 물어보나 마나
답을 알거나 모르거나

영영 안 풀릴 실타래
누구는 왜 안 아프고
누구 누군 왜 아픈지,

가역반응

고향에 내려간 어느 날
짐짓 어머니가 보여준 아버지의
그림 따라 그리기 공책

아들네 갔을 때 보았던
손주가 그리던
그림 따라 그리기 공책 같은,

점선을 따라 그리고
견본 따라 색칠하여
완성하는 그림 놀이

요양 보호사가 시키는 대로
열심히 따라 한다는 아버지
네댓 살쯤 아이로 돌아가네.

쌀농사 짓듯 여든여덟 구비를 넘자

거꾸로 돌아가는 시계를 찬
아버지

마침내 저 시계도 벗고
우주의 둥근 자궁에서
고요히 새로 날아오를,

불효 시대

화장문화가 막 뜨거워질 무렵
그런 뉴스를 보시던 어머니께서
나는 화장장으로 가기 싫다, 뜨거워
우리 들으라는 듯 짐짓 정색하셨는데
우리는 농을 치신다고 한바탕 웃어넘겼다.

급속히 단 화장문화가 매장 전통 대신
장례식의 대세로 자리 잡을 즈음
아버지가 돌아가신 뒤로
입버릇처럼 죽음 타령하시더니
어머니 아무 말씀도 없이 돌아가셨다.

얼핏 어머니 말씀 떠올랐으나
남들처럼 화장장으로 모셨다.
한참을 기다린 끝에 수습되는
유골 사이로 보이는 쇠붙이들
고달프셨을 어머니를 일러줬다.

뼈 아닌 뼈로 어머니를 받들며
어머니 일손을 도운 쇠붙이들
(고맙다고 큰절 올리고 싶은,)
가져갈지 말지 묻는 직원 말에
그냥 잘 처리해 달라고 맡겼다.

저승에서라도 당신 뼈로만
홀가분한 몸을 누리시라고

지레짐작

망백 되도록 농사를 지으신 강철 로봇
무릎에 고장이 나면서 자식들 짐 될라

함께 떠나자고 날마다 조르셨다는
아버지

어머니 남겨두고
훨훨 날아가시자

너무 늦지 않으려고 뒤따라가신
어머니

필생 내려놓지 못한 당신들 짐작
새끼들 지지 않게 거둬가신 짐짝

어머니 불심

가을걷이하면 해마다
햅쌀 몇 됫박 싸 이고서
시외버스 한두 번 갈아타고
산골짝 높고 고요한 절간 찾아
대웅전 안 부처님께 108배 드린 뒤

돌아오면
다리는 아파도
한 해 농사 다 지은 듯 개운하다며
다리 뻗고 푹 주무시곤 하던
우리 어머니

뒷밭보다 더 순정한 산속으로 돌아가시자
멀고 높다랗던 고요가 찾아와
절간처럼 탱탱 빛나는
어머니 집
앞마당

모를 길

어머니 유골함을 들고
아버지 곁으로 가는데

잿빛 새털이 어지러이 흩어져 있었다.

무슨 짐승의 해코지일까?
몸은 사라지고 남은 깃털들
섬뜩한 겨울 안개가 자욱했다.

무겁게 끌고 다니던 몸 내려놓고
깃털처럼 새 길로 날아간
어머니

뭐에 잡혀간 걸까?
하늘길을 받든 것일까?
우리 모를 다른 길이 있을까?

돌아오는 길, 바람 손이 매서웠다.

몰라도 아는 길

알아도 모를 길

화산섬

만날 길 없는 기다림처럼
살아서는 영영 풀지 못할
그리움을 숙제로 남기고
아버지 앞서고
어머니 뒤따라
약속한 듯 먼 별로 뜨시니
보이잖는 탯줄마저 끊기며
홀연
섬 하나 솟았네.
망망대해를 떠돌
막막한 가슴에서 활활
폭발한 섬
아닌
섬

꽃그늘

꽃샘바람에 밤새 시달리던 매화나무
꽃가지 하나 축 늘어져 말이 없구나!

아직은 아무 일도 없는 듯이
땅바닥에 기댄 가지에는
탐스레 핀 꽃송이들 그대로여도

벌써 어디론가 떠나버린 꿀벌 생각다
나도 모르게
눈시울 그물그물

눈에 넣어도 아프지 않을 아픈 손가락
막내 홀연히 떠나고 말문 닫은 어머니

때늦은 물음

화장실 갈 때와 올 때가 다르고
돈 빌려줄 때와 받을 때 다르며

가다가 중지하면 아니 감만 못하다 했는데
가다가 중지해도 아니 간 것보다는 낫다며
오래된 속담을 확 걷어차 버리기도 하지만

세상에 나올 때와 돌아갈 때는
앞뒤가 달라도 너무나 달라
속상해 타박하는 요즘

두세 살 아이 때로 돌아가는
검붉은 노을 속 우리 어머니.

머리부터 발끝까지 신기한 몸 생각할 때마다
그분은 얼마나 꼼꼼히 임상시험 했을꼬
때때로 놀라기도 했건만

시작과 끝이 달라도 너무 다른 일생은

대차대조표를 도저히 맞출 수 없어

정말 임상시험을 하기는 했나?

새삼 따져 묻고 싶네.

말 보은

살얼음판 걷듯
아슬아슬 기른 아이
제 갈 길 가고 휑한
빈방

들여다볼 때마다
희미한 그림자로
물끄러미 바라보는
어머니

천방지축 철없이 날뛰던 나를
당신들과는 다른 길로 가라고
대처로 보낸 뒤
눈물 콧물 얼마나 훔쳤을까 저녁마다
내려오는 뒷산 그늘 같은 그리움으로,

늦게라도 철이 드니

그게 어디냐라니요?
시나브로 철이 지난
말 성찬 한 상인데!

알고 싶은 말씀

1
도토리 숨겨뒀다 까먹은 다람쥐 덕에
도토리나무들 여기저기 번지게 한 일,

깜빡거리는 다람쥐 머릿골
도토리나무를 위해서
일부러 했다면

까닭 모를 다람쥐에게는
미안할 듯한데

꼭 숨바꼭질이라도 하면서
동행하란
말씀?

2
피땀으로 달인 걸쭉한 사랑
몽땅 다 내려주고 뼈만 남은
우리 어버이는
왜?
깜빡거리냐는
말씀

해 같은 얼굴

꽃이 아닌데
피고 지는
꽃이 아닌데
꽃에 비기랴
그대 얼굴

겨울엔 겨울이라 뜨고
가을엔 가을이라 뜨고
여름엔 여름이라 뜨고
봄에는 봄이라고 뜨는

내 안 해

암튼 지지 않을
그대 얼굴
꽃에 비기랴 어찌
얼굴도 없이 오락가락하는
바람에 비기랴?

연리지

허공에서 꿈꾸듯 웬 연줄에 걸려

네가 당기면 내가 움찔하고
내가 당기면 네가 움찔하고

서로서로 집이자 짐이 되는 사이

무심코

우리 집에서 함께 오래 살던
알로카시아가 앓다 간 자리에
옹기종기 올라오는 새싹들
하나씩 나눠 심어 주었다.

어느 날 하나가 시들해 보여
화분을 뒤집어 정리하였는데
담 날 아침 발코니 구석에서
도로 심어진 화분을 보았다.

아차차! 번쩍 우르르 쾅쾅
죽는다고 뒤집어 버렸는데

뒤집힌 알로카시아를 다시 심은
투병 중인 그녀 손길이 파고들어
잔뿌리를 내린 내 가슴 울퉁불퉁

낮아진 눈높이

별안간 포르릉 날아간 새
어느 하늘 별로 떴으려나.

그대가 낯설게 하고 떠난
낯익은 집 창문 열어놓고

먼 하늘 쳐다보는 나를 돌아보네.
눈높이 맞추려 그대 바라보던 눈

만년 乙

십수 년 동안 꿈을 꾸며
병원 수발에 매달렸는데

그녀는 뒤도 안 돌아보고 시간 밖으로 돌아가고
나는 시간 열차에 실려 하염없이 뒤만 돌아보네.

인력으로 안 되는 일이 부지기수라
죽살이 길의 금이 흐릿해져 가는데

이보다도 더 속을 팔팔 끓인 일은
따질 만한 것인 줄 번연히 알면서

더 속상한 화라도 입을까 봐 지레
치미는 주먹을 목구멍으로 삼키고

누구에게 배웠나 까마득히 잊힌
눈치나 살려 낑낑 앓기만 한 것

분명 한스러울 바깥 생활이건만
배고프다고 꿀꿀거리기나 한 짓

그나마 그녀가 이젠 더는 안 아플
위안거리 하나 생긴 게 다행일까?

천생연분

이게 나야
네가 갑자기 아파서 끙끙거릴 때
성냥불 켜지듯 피식 짜증부터 나는
(필시 내 무능이 먼저 더 아플 테니까),
어떤 남자를 만나러 간다고 우쭐할 때
무슨 짓이냐고 대뜸 큰소리부터 지르는
(불현듯 내 오해 망상이 꼬릴 물 테니까),
네가 감옥이냐고 악악거리며 방방 뛸 때
더 큰 악다구니를 폭탄처럼 뻥뻥 터뜨리는
(새장 밖 새도 하늘 끝까지는 못 나니까),

그래도 나를 사랑하는 너는
무도한 이상주의자 아니면 천생 사랑꾼
시베리아나 아라비아 어디쯤 사막이 사막을 낳듯
우리 세상도 모래바람 드센 지 오래
너나없이 속은 바삭바삭 타들어 갈지라도
내 똥오줌인 양 그냥 다 받아내는

이게 너야.

우리는 죽어도 천생연분?

이 살릴 놈의 사랑 눈에서 멀어져도
가슴에서 사라지지 않을 사랑이라면
너의 혼령은 지구 밖 진공 속 순정인
나의 심신은 지구 안 오염 속 세속인

사랑길은 바이없어도 끝끝내
잡은 손 놓을 방법을 모르네.

마지막 계획

겨울 준비로 가지를 치듯 아버지는
망백 근처에서 치매 끼를 느끼면서
수족 같은 것들 훌훌 떠나보내셨다.

어느 날 고향 집에 내려갔더니
집안 감나무들 밑동에 뱅 둘러 홈이 파였다.
이파리들 떨어질 골목길을 내다보신 아버지,

그 뒤로 정미기 경운기 오토바이 같은 것들이
하나씩 하나씩 헛간에서 마당에서 사라져갔다.

그러면서 이태를 못 넘기시고
당신도 하늘 멀리 여행 가셨다.

아무 일도 없는 것처럼 그저
당신이 마당 가 작은 화단에서 가꾸던
갖가지 꽃들이 피었다 지듯이

길고도 짧은 아버지의 일생이 막 내리고서야
피멍울 지셨을 아버지의 계획이 나를 흔든다
바람도 없이 뼛속까지 스미는 맵찬 기온같이
차갑게 혼자 종말을 치르신 아버지의 필생이,

어쩌다가 들려서 건성으로 절이나 올리던
어리고 아둔했던 내가 보름달처럼 엄연해.

눈감고 코끼리 더듬기

나를 사랑하는 사람을 택하는 게 나을까?
내가 사랑하는 사람을 택하는 게 나을까?
사랑의 난간에서 흔들릴 때 묻고 싶은 말

조금 살아본 사람은 선뜻 대답하기 힘든 물음
끝까지 살고 나면 뭔가 알 수 있을 듯해도
정작 강제로라도 입 다물어야 할 때는
아무 대답도 할 수 없지. 그러니까
정답이 없다는 게 정답 아닐까?

아니 입에 발린 답은 말할 수 있겠지.
서로 저울로 단 듯 나란히 사랑하는 것
처음 사랑의 열기가 끝내 식지 않는 것
앗, 이 대목에서 다시 흔들흔들
무슨 뚝배기라고 끝끝내 식지 않을까?
돌도 깨고 쇠도 뭉개는 시간 열차인데

그렇다면 금쪽 사랑?
금목걸이 금팔찌 금반지 따위에
금거북까지 나누는 언약 그럴듯해도
상징은 무슨 상징, 말 잔치이기 십상
무서운 법도 밥 먹듯 어기는 판국에
금쪽 사랑을 얼마나 고이 간직할까?

운명은 답을 꼭꼭 쥐고 있겠지. 운명론자라면
운명이 연출하는 대로 연기할 뿐이라 할 텐데
나는 어떤 무대에서 무슨 연기를 하고 있는지

나를 찾아가면 끝내 파국에서나 만나는데
무대 밖에서도 사랑은 그대로 이어질는지
에구구 궁금한 필생, 진짜
사랑의 속내 재보고 싶어도 꾹꾹 참으려네
어차피 눈감고 코끼리 더듬는 시늉일 테니.

충전

거꾸로 매달린 유리병에서 맹독성 약물이 방울방울
몸속으로 들어간다

어느 날엔가 제멋대로 잠입하여
타고난 그의 목숨을 갉아먹는
독충보다 독한 살충제가
그의 온몸으로 퍼져
뜻밖에 일찍
방전될지도 모를
억울하게 빼앗긴 시간
느릿느릿 충전하는 중인데

며칠째 꾸물대던 하늘이 모처럼 개어 아침햇살이 활
짝 내 몸에 퍼졌다.

보리밭 진상

술이 거나해지면 친구는 곧잘 놀리곤 했지. 고향 후배와 짝꿍 된 내가 보리밭에서 놀아났다고, 그러면 또 한 가락 뽑는 장호* 선생님 "보리밭에서 나왔다고 왜들 야단이야/키스 한번 했다고들 왜들 떠들어/너만 있니 나도 있다/못생겨도 맘 착한 임 하나"**

이즈음에 받은 신현정 시선집 《빨간 우체통 앞에서》를 더듬다가 〈보리물결〉에 이르러 속이 울렁거렸다. "보리밭에 들어가지 않았다//……//거기서 뒹굴지도 숨결이 거칠어지지도 숨을 포개지도 들썩거리지도//구름처럼 들리지도 않았다"라는 대목에서 이젠 뜸해진 친구와 먼 하늘로 떠난 선생님 숨결이 뜨겁게 훅 스쳤네.

서울 왕십리에서 자랐다는 정 많은 현정 형의 시심에 출렁이는 보리밭 정경이 옛날 영화에서나 나올 보리밭을 깔고 뭉개는 청춘들 장면에 겹치는 순간, 내게는 새하얀 백지인 그 누릿한 환상이 보리밭을 매고 보리 베어 타작하던 빛바랜 현실의 흑백사진으로 인화되어 나왔다. 초여름 땡볕 아래 하기 싫은 일 꾸역꾸역 하면서 흘린 땀으로 서걱대는 이마를 훔치며 인기척에 놀라 냅다 하늘 높이 날아오르는 종달새나 하릴없이 물끄러미 쳐다보다가 집 떠나고 싶어 어떤 청보리처럼 웃자라 어서 어른이 되면 좋겠다고 푸른 구름 위로 발돋움하던 까까머리 어린 녀석.

그 앤 꽁보리밥이 싫다고 쌀밥 타령했는데
이젠 별미라면서 보리밥집을 찾아다닌다네

시간의 물살에 깎이고 깎인 조약돌만큼
남았을까나 깎고 깎인 나의 수석
깎으려거든 내 것이나 깎지
맘 착한 그이 거는 왜?

내일은 같이 보리밥이나 먹으러 가야겠네.

* 시인·등산가·동국대 교수(김장호). 박상천 시인과 나의
대학원 지도교수로 동업자라며 우리와 자주 어울렸다.
** 산 사나이들이 불렀다는 구전가요 부분.

우연찮은 신비

어느 날 갑자기 돌아가신 아버지가 생시의 속앓이를 뒤늦게 푼 게 아니고서야 오랜 병고에 시달리던 고부가 한 달도 채 안 되는 새에 훌훌 날아갔을까? 아픔이랑 슬픔이랑 수만 번 나누고 빼 봐도 아버지가 그분들과 손잡고 소풍 가며 저를 풀어준 심증을 떨칠 수 없네요.

애들 엄마는 생시에 두 아이가 집 한 채 없이 셋집을 오락가락하는 꼴이 가슴 아파 자나 깨나 그 애들 작은 집 하나라도 지니고 사는 모습이 보고 싶다고 돈타령 집타령 입에 달고 살다가 하늘에 오른 뒤 채 1년도 안 되어 큰놈은 집을 사고 작은 애는 주택 청약에 당첨되어 머잖아 수도권 같은 도시에 둥지 틀고 가까이 살 거라며 나도 어서 이사 오라 한사코 안달이네요.

꿈도 못 꾸던 일이 거푸 터져 꿈인지 생시인지 아롱아롱해 우연일까 필연일까? 부질없이 망설이는데 우

연찮다는 시쳇말이 떠올라 이승 같은 저승은 없다고
보던 내 사전을 바꾸어야 할 판이라 죽어도 죽을 수
없는 어버이 노릇 참 오래오래 뼈에 사무칠 테니 어쩌
면 뼈가 생길 때 이미 내리사랑 버릇이 스몄다고 하면
미안할 것 같아 나는 어떨지 벌써 덜컥 겁부터 나네요.

제4부

난해한 설계

시는 누가 뭐래도 먼저 제 양심에 상상력을 불어넣
어 싹틔워 피우는 꽃이라면 그 꽃이야말로 어찌 남의
가슴에도 아름다운 색향으로 퍼지지 않으랴?

- 〈마지막 시론〉에서

햇것

눈 녹은 지푸라기 더미를 들치자

민들레 새싹들 구불구불 기어가네.

햇볕 한 줌 쬐지 못하여 파리한데

햇병아리 서너 마리 쪼르르 달려와

콕 콕 콕 쪼다 종 종 종 돌아가네.

지렁이 같은데 지렁이가 아니라고

연고

뒷산 개발제한구역이 풀리면서 분묘이장공고가 나왔다.

연고 없는 무덤들은 따로 수습해 영생의 길을 터준다니

연고 없어 쓰린 날들 연고 발라 훌훌 벗어던지게 하네.

헐벗은 옷가지 같던 풀이며 자잘한 나무들이여 다 안녕.

철부지

더

무슨 말이 필요해.

도무지 꽃 피지 않는 봄인데,

팔아도 팔아도

남지 않는

철없는

봄

때맞춤

천방지축 나대던 시절
그 애에게 감꽃 팔찌 만들어 줄 때는
감도 홍시도 보이지 않았는데

나이 한참 들어
곶감 만들려 감 깎다가 보았네.
단맛 드는 길

덜 익으면 떫고
너무 익으면 물러터지게 하는
시간의 몸.

너구리 담벼랑 넘기

오늘도 망망대해를 떠도는 몸뚱이 하나

울퉁불퉁 성내는 밤물결에 새파랗게 질려서

어지러이 흔들리는 계단을 기우뚱기우뚱 오르네.

바다가 우리 꿈을 다 들어줄 리는 만무하니

내 힘으로 파고를 넘어야 할 줄 알면서도

파도가 파도를 밀어내며 으르렁거리는

벼랑 같은 바다가 너무나 아찔해

내 몸과 몸에 갇혀 있는 맘이

그대 손 맞잡으라 하네

성난 파도 등 타고

넘으라는 명령

못 넘을 벽

있으랴

고

안개꽃 첫정

호~호 봄 입김에 왜
온 바다가 출렁이고
땅속 싹이 일렁이며
뒷산 숲은 술렁술렁

마른 우리 속도 두근거릴까?

겨울 땅을 두드려 깨우는 봄비
그 뜨거운 회초리에 대하여
속속들이 알 길은 없지.

먼 거리의 너와 나 사이
안개처럼 깔리던 그 무엇도
활짝 꽃 피우려고 끓어오르던
그 야릇 쌉쌀한 사랑의 실핏줄들
속 시원히 싹 다 이름 짓지 못하듯!

미안한 밥상

배우자를 빗대어 부르는 반려자보다
반려동물이라는 말이 더 낯익어지고

목숨은 같다는 평행이론 동정심이
세상에 뜨거운 바람으로 불어오니

밤새 내 피를 빨아먹은 저 모기를
당장 잡아버릴까 말까 망설이다가

갓 뽑은 채소로 차린 아침상을 받고
침샘이 마르는 참 낯선 일상에 실색

세모

발가락들이 일제히 발기한다.

서천에 한 뼘 다가서는 길은

피 울음 울든 말든

구름이 발기인을 맡고

하늘의 묵인 아래

죽어도 살아야 할 한 생이 있다.

멍텅구리 배처럼

혼자서는 바다를 벗지 못하고

그대가 단단히 박아놓고 떠난

대못은 빼지 못할지라도

낯선 바람벽에 걸린

새 옷 한 벌 갈아입고

발자국 꾹꾹 찍어가는 또 한 생이 있다.

한사코 아래 아래로만 내리닫는 강줄기

어두워져도 기어이 키를 다잡는 산마루

그 사이 어디쯤

먼 나라 이웃 나라

하늘로 뻗어 오르는 나무인 척
뻣뻣이 고개 쳐드는 따위들에게
나이테로 겹겹이 올가미를 덧씌워
기를 꺾으려 용깨나 쓰는 강물인데

몸 귀만 먹고 맘 귀는 안 먹는
철옹성에 든 욕망 기계들
먼 나라 떠난 목소리도
척척 듣고 제 깐에는
금빛 눈물 찔끔

그 눈물로 또 며칠 씻은 듯이 잠잠하리
겨우내 숨죽이던 꽃들 활짝 문 열고
떠났다 돌아올 벌 나비 기다리는
누구나 아는 그 봄빛에 홀려

요즘 아이들

생각보다
짧은
희희낙락

잠깐
시간 가는 줄 모르는
무심 꽃 피어나게 했다가

긴 설렘 시간 되돌리고 가는
천상
꽃봉오리

눈에 넣으면
아파도
질리지는 않는

엉뚱한 해탈
- 인구절벽 · 1

연애 불가.

결혼 불가.

출산 불가.

미안 없소.

미련 없소.

미래 없소.

무념무상 오직 벼랑길.

혼인 인연 끊고.

졌소 고삐 끌고.

홀로 드는 절집.

고육책 민망해도.

엉뚱한 해탈길로.

정진하는 신인류.

드디어 절대 고요에 들릴 풍진 속세.

강철 같은
- 인구절벽 · 2

작은 엄나무는 수시로 새잎을 따 먹고 가지도 잘라 약재로 쓸 수 있는데 키 큰 엄나무는 가시 때문에 엄두가 나지 않아 바라만 보기 십상. 이웃 텃밭 지기가 베어 버리지 그냥 두느냐고 성화를 받쳐 어느 날 그놈의 아랫도리를 뱅 둘러 쓱쓱 톱질했다. 크고 무성해 남의 밭 해칠까 조심조심 넘어지지 않을 만큼 물관을 잘라 놓았다. 말라 죽으면 겨울에 마저 잘라 없애려고…… 말라 죽을 줄 알았는데 얼씨구! 꽃 잔치가 벌어졌다. 죽을 지경이면 꽃피우는 식물이 있다더니 강철 같은 본능의 꽃이 흐드러지게 핀 현장을 보았다.

"이제 0.7명대…세계 꼴찌 출산율 또 경신"* 오늘 아침 새 소식을 타고 긴 듯 짧은 생의 어제와 오늘과 내일이 헝클어진 실타래처럼 굴러들었다.

아들딸 구별 말고 둘만 낳아 잘 기르라는 시책을 따르니

하나도 많다고 떠들어 머쓱하던 때가 엊그저께만
같은데

본능도 잠재우는 강철
현실에 짓눌린 신세대 선남선녀들
세상에서 가장 가파른 벼랑길 걷는.

* 『중앙일보』 2022.0825. 일면 머리.

불청객
- 인구절벽 · 3

필 꽃은 다 피고 말더라
우리가 아무리 배고프고
아무리 우리가 피 말라도

다만 제 목숨에 겨워 저마다
천만 길 햇살 벼랑을 타고 올라
필 꽃들은 다 제때 피기는 하더라.

제가 꽃인 줄을 모르고
필까 말까 잴 줄도 모르고
꽃이어서 꽃이라고 꽃피는 꽃인데

제 목숨줄 이어줄 먼 사랑을
불러대는 피 끓는 아우성을
이쁘다고 멋대로 손대는지

우리는 왜 눈도장이나 찍지
죽음을 위한 최후의 만찬을
스스로 닫게 놔두지 못할까?

호박 자궁
- 인구절벽 · 4

호박고지 하려 뒤늦게 배를 갈랐다가 깜짝!
작년 봄에 따 두었다 먹지 못한 누런 호박

기다리고 기다리다
더는 못 참았을까?

삭은 호박 속 수분을 양수 삼아
꼬불꼬불 제법 자라난 호박 싹들

기어이 싹틔워 기르는 이 호박 속을
누가 함부로 박박 긁어낼 수 있으랴!

텅텅 비는 마을
- 인구절벽 · 5

남자한테 참 좋은데
직접 말할 수는 없고
말할 방법도 없다는 말로
한때 남자들 귀를 파고들던
산수유 광고 지나간 지 오래

이천 지나 여주 이포 가는 길
줄지어 늘어선 산수유 가로수
붉은 가을 열매 꽃처럼 피웠네.

아무리 몸에 좋다고 떠든들
따서 갈무리할 사람 없으니
저들끼리 붉어 흐드러질 뿐
있어도 없는 저 산수유 열매

사람 마음으로 묻고 싶네.

이포 다리 아래 내닫는
남한강 강물이여
이것저것 다 싹 쓸어서
무밭으로 갈아엎으려는지?

장마철

긴 비 그치고 잠깐
반짝 햇살 터진 날
활짝 핀 암호박꽃.

겨우 맺은 애호박 빠질라
수꽃 따서 들고 갔더니

먼저 와서 코 박은
말벌 한 마리
인기척에도 꼼짝하지 않네.

황홀경에 빠져
말을 잃고
벌을 받나?

시집 보낸 답장 한 잔

지리산 발치에 빌붙어 산다는
오래 만난 시인 친구의
정성 한 봉지

고이 접힌 마음을 펼쳐
몇 잎 더운물에 띄우자
살며시 입을 여는 잎새

시처럼 짜르르
내 안에 확 퍼지네
잘 덕인 그의 말결 한 자락

생쌀 맛

먹을 게 지천이라 뭐든 시들한 나날
문득 이렇다 할 간식거리 하나 없어
생쌀 씹던 때가 노을인 양 불거지네.

　엄마 몰래 생쌀 한 주먹 호주머니에 넣고 다니면서
조금씩 입에 털어 넣고 한참 씹으면 뒤끝에 살짝 번지
는 단맛에 풍덩 빠져 생쌀 먹으면 엄마 죽는다는 무시
무시한 말도 무시하고 걸핏하면 생쌀 씹던 때가 아지
랑이로 아롱아롱 아닌 봄날 보릿고개 넘느라 너나없
이 땟거리로 진땀은 흘렸어도 어떻게든 살아남아 기
막힌 비보는 듣지 않고 곤한 잠에 떨어지곤 했는데,

　이젠 먹거리 넘치는 따신 아침에도
생목숨 버렸다는 비보 꼬리를 무니
몸과 맘은 천 리 만 리 동떨어져서
그리움 찧어 쌓는 생쌀 씹던 나날들.

사랑니의 사랑

어금니가 흔들려 치과에 갔더니 한사코 사랑니를 빼야 한대서 지천명 넘도록 멀쩡한 이를 빼라 해 고개를 갸우뚱거렸더니 대응 이가 없어 있으나 마나인데 염증 우려만 있다는 말에 걸려 넘어갔다. 딴에는 괜히 뽑았다고 아직도 마음에 남아 있는 사랑니. 영어 wisdom tooth와 중어 지치(智齒)는 서로 직역된 꼴인데 우리는 사랑니라 불러 좀 색다르기는 해도 사랑이야말로 슬기의 으뜸 자리일 만하니 어쩌면 가장 슬기로운 명명인 듯하지만

여전히 내게는 아리송한 사랑니의 사랑!?

치과의가 사랑하는 이라면 너무 우습겠고 사랑할 나이쯤에 나는 이란 말도 있지만 말모이에서 '가장 뒤에 난 어금니'라고 하는 걸 보면 막내에게 더 짠해지는 사랑 같은 거라 할까. 치의학을 슬쩍 들여다보니 아무 문제 없는 한 가지 빼고는 모두 뺄 만한 이유만 수두룩할

뿐이라 나면서부터 이미 주의 대상이고 가장 늦게 나와 남 먼저 사라질 테니 애틋한 사랑이 머물 만한 자리도 있다. 생물학적으로는 안 쓰면 퇴화한다는데 더디 진화하면서 여태 남은 꼴을 보면 쓸모없음의 쓸모가 그믐달빛처럼 우련해

무상의 사랑 같은

사랑이란 서로의 연줄로 이어지므로 태생상 영속할 수 없으니 아예 태어나지 않는 게 나을 수도 있겠는데 구더기 무서워 장 못 담그지 않고 미움이 두려워 사랑하지 않는 이 없듯이 활짝 열린 꽃길이 아니라 스스로 먼저 꽃이 되는 길을 물어야 하기에 황금도 뜬구름으로 여겨야 해도 시를 사랑하는 시인은 늘어나니 쓸모없음의 쓸모 이를테면 청자나 백자 같은 사랑을, 오직 사랑을 사랑하는 사랑만이 사랑이라는 아리송한 비밀을

사랑니가 심어 주고 갔구나!

만능열쇠
- 일자산 허브천문공원

산은 산이되 일자로 쭈욱 뻗은 능선
그 밑자락 생태공원 이웃에 터 잡은
해 뜨는 강동 일자산 허브천문공원*

천지인은 어우러질 수밖에 없는 지상명령을
한 눈으로 알아듣게 진수성찬으로 차려놓아
천국의 향기 모락모락 피어오르는 지상낙원

세속 길 헤매느라 스르르 물든 속기도
허브꽃향에 홀려 둘레 몇 바퀴 돌다 보면
천문 기운 스미어 사르르 풀려 버리니

누구 마음에든 구멍 하나씩 있나 보다!
아무리 얽힌 비밀번호도 쓰윽 풀어내고
새암 길 열어주는 만능열쇠 드나들도록

* 서울 강동구 둔촌동에 있다.

솔뫼

- 성 김대건

하늘로 사라지지 않고
땅으로 꺼지지도 않은

하늘과 땅 사이
높은 뫼 마루턱

한 뫼의 키를 더 높이며
우뚝 선 소나무 한 그루

200해 바람서리에도
푸른 피는 더 푸르러

숨 막히는 누리
숨통 틔워 주는

맑고 드높은
정성 나눔이

마지막 시론

한 달에 한 번씩 만나 시에 대한 소회를 푸시는 유산 선생님, 후산과 상산* 두 시인에게 꼭 하고 싶던 말이라며 시어라 부르는 우리 말버릇에 일침을 놓으셨다. 언어의 '언'은 나에게 하는 말을 가리키고 '어'는 남을 가르치려 드는 말로 갈리므로 시어는 시언**이라 해야 맞는다고. 일본에서 처음 불린 시어라는 말이 얼마나 명색과 허울 아닌 실질로 소통되는지는 몰라도 내가 나에게 건네는 고백보다 더 절실하고 순정한 게 있으랴? 싶어 그 말씀에 고개를 끄덕였더니 자전거 타듯 몇 바퀴 돌고 돌며 뜻글자의 모양새를 마음에 둔 말씀을 한참 이어가셨다. 하기야 괜스레 까다롭거나 지루한 잔소리 넘실대는 시 따위들이 길길이 뛰는 요즘 시의 저잣거리를 거닐어 보면 그럴 만도 하지. 책상맡에 앉아 손끝 기술로 조작한 시보다는 발로 뛰어 가슴에서 길어 올린 양심의 피로 지은 시가 더 시답다는, 마침 손끝으로 조작하는 인공지능이 걸작을 만들어 내리란 기대가 솔솔 피어나는 이때 인공지능을 생성 기계로 전락시킬 전략이 될 노스승의 피 끓는 말씀,*** 마지막으로 꼭 말하고 싶어 짐짓 챙겨 오셨다는 시어보다 시언이 더 알차다고 힘들이 하신 말씀이 유언인 양 숙연해 스쳐 지나갈 왼쪽 귀를 돌아 가슴에 콕 박혔다. 시는 누가 뭐래도 먼저 제 양심에 상상력을 불어넣어 싹틔워 피우는 꽃이라면 그 꽃이야말로 어찌 남의 가슴에도 아름다운 색향으로 퍼지지 않으랴?

*有山: 윤재근 평론가의 호. 後山: 박상천 시인, 尙山: 이상호. 제자들 호를 모두 '산' 돌림자로 지어 유대감을 갖게 하셨다.

**詩言志(『書經』 「舜典」): 시=언어+본심, 즉 본심(심상)을 언어로 빚어낸 실체.

***김수영은 "시의 기술은 양심을 통한 기술"이라 하고, "양심이 없는 기술만을 구사하는 시"를 쓰는 시인을 겨냥해 "사기를 세련된 현대성이라고 오해히고 있는 모양"(김수영, 「난해의 장막-1964년의 시」, 『김수영 전집 2·산문』, 민음사, 2003, 272~273)이라고 일갈했다. 두 분의 마음을 읽으면 60여 년 시차에도 좋은 시가 태어나는 자궁은 같다는 사실과 인공지능(AI)이 시인을 넘보는 시대에 시인의 존재 의의를 증명할 길이 어디로 뻗을지 알게 한다.

억지 통일

남과 북이 서로 다른 꿈으로 갈라져
마음이 달라지고 말까지 달라져서
같은 말인데 웃기는 말도 있지.

우리말 쓰기에 급급해하는 북에선 전등을 불알이라
하고 형광등은 긴불알 시작등은 씨불알 혼합등은 잡
불알 한 등은 짝불알 두 등은 쌍불알 샹들리에는 떼불
알 불량등은 고자알이라 부른다는데,

불알이 깨지면
불안해지기는 마찬가지
북이든 남이든.

반짝이는 개성, 만고불변의 예술혼
- 위기의 시대와 기회의 시인

이 상 호

1. 시인은 무엇보다 시로 말해야 한다. 지당한 말씀인데 실제로 그럴 확률은 낮다. 시인이 시 아닌 다른 성격의 글을 청탁받으면 속으로는 마뜩잖아해도 대부분 직접 사양하거나 거절하지도 잘 못한다. 그럼에도 평생 순정한 신념을 지킨 시인을 우리는 안다. 청록파의 일원인 박두진 시인은 생시에 되도록 산문 청탁에 응하지 않은 분으로 알려져 있다. 이 방면에서 내가 아는 유일한 시인이다.

물론 그렇다고 창작 배경이나 작의를 밝히는 '시작 노트' 같은 형식이 무의미하다는 뜻은 아니다. 시인은 창작 주체로서 첫 독자이기도 하므로 제 시의 특성을 누구보다 잘 알고 설명할 수 있다. 특히 이상 시처럼 매우 난삽하다면 독자의 답답함을 줄이고, 자칫 무관심 속에 묻힐 작품을 기억하게 만드는 약발로 작용하기도 한다.

반면에 달리 보면 창작자의 설명은 작품에 대한 선입관을 만들어 독자의 자유로운 감상을 해칠 가능성도 있다. 시적 질료인 언어를 통해 시인의 정서와 상상력 및 심상으로 표현한 작품이라도 일단 발표하면 창작 의도와는 별개로 존재하다가 만나는 독자의 체험·취향·가치관 등에 따라 달라지므로. 결국 관점의 문제일 텐데, 이러한 형식주의 비평 즉, '작품의 외적 조건인 창작 의도나 사회적 배경을 고려하지 않고 작품의 형식적 요소들 사이의 구조적 유기성을 분석하는 방법'은 창작 의도와 작품으로 실현된 결과가 일치하기 어려운 비평 경험을 통해 형성되었다. 우리는 경험칙상 인간사란 가치가 클수록 주체의 의도와 실제의 거리가 멀어짐을 익히 알고 있다. 그래서 나는 작의나 창작 배경을 세세히 밝히는 일은 달갑지 않아 한다.

지난 시집에 이어 이번에도 거의 관행으로 내려오는 (최근엔 변화 기미가 보이나) 남의 '해설'을 받지 않았다. 2021년에 펴낸 제10시집 《국수로 수국 꽃 피우기》에서는 교단 정년퇴직 기념과 더불어 초기에 꿈꿨던 10집

달성을 자축하는 의미로 등단 40년의 시작 편력을 직접 돌아보는 형식으로 확장한 시론을 펼쳤었다. 제11집에서도 다시 형식을 달리하여 딱히 자작시 해설 범주에 들지 않는 이 글을 '시인의 뒷말'이라는 이름으로 시집 뒤에 실었다.

내용은 두 가지. 먼저 내 인생 최대의 비극으로 절절히 끓었던 슬픔을 하늘에라도 고하고 싶은 개인적 소회를 간략히 푼 뒤, 시에 대한 나의 인식을 다시 안팎으로 나누어 다뤘다. 하나는 내가 요즘 시를 지으면서 관심을 기울이는 절제된 언어와 형태에 대한 문제이고, 다른 하나는 인공지능(AI)이 우리 삶과 예술에까지 깊숙이 파고드는 첨단 문명 시대에 동시대 시인으로서 같은 고민거리가 될 만한 사안을 살짝 성찰한 것이다. 독자에게는 어떤 빛깔로 비칠지 모르겠으나 혹시 기대에 못미치더라도 널리 양해해 주리라 믿는다.

2. 2024년 후반기 불과 다섯 달 남짓 되는 시간에 청천벽력 같은 비극을 연이어 겪은 뒤, 상실감과 죄의식을 씻을 길 없어 지난 한 해 동안 애도 기간으로 정하고 매사 삼가며 나름대로 속죄의 길을 걸었다. 잘못한 기억들뿐이라 모든 게 내 탓이거니 자책하면서. 세상이

급변하여 발인 날 바로 묘지나 봉안당 등에서 탈상하는 이도 많으나, 다시 없을 큰 충격인데도 아무 일 없는 듯 태연히 얼굴 들고 나다니는 내 모습을 상상하면 너무 부끄럽고 두려워 소름이 끼쳤다. 아는 분을 만나 위로 받는 일이 고맙기는 해도 나로서는 오히려 상실감만 들추는 꼴이 될까 염려했다. 게다가 주변 분위기를 의식해 억지웃음을 지어야 하는 불편한 심정도 웬만하면 대면을 꺼리고 삼가는 쪽으로 기울게 했다.

한동안 아무 생각도 무슨 짓도 하기 싫었다. 그저 먹먹하고 멍멍한 시간만 소비했는데, 그래도 얄궂게 봄은 어김없이 찾아왔다. 우리 동네 일자산 중턱에 있는 텃밭을 계속 경작하기로 했다. 농작물의 새싹이 돋는 신성한 모습이 방전된 삶에 생기를 충전해 주지 않을까 하는 심정으로. 자식들이 거리도 멀고 힘도 드니 이젠 그만두든가, 가까운 데로 옮기라고 권했으나 운동 삼아 숨통도 트고 세상사를 잊는 데는 그만이라며 물리쳤다. 오히려 더 적극적으로 출퇴근하듯 텃밭을 드나들면서 구슬땀을 흘리며 선잠이라도 이루려 노력했다.

너무 애를 끓이니 상처를 후벼파는 격이 되기 십상인 시를 지을 겨를도 엄두도 나지 않았다. 그럭저럭 또 세월은 흘러 여름이 지나면서 마음에 살짝 가을빛이 들었다. 시심도 따라 꿈틀거렸다. 우울감에만 젖어있지 말라는 듯 돌아가신 분들이 꿈길에 번갈아 오시던 일이 잦아들어 이젠 좋은 데 가서 영면하시나 보다고 짐작하니 심신에 조금씩 긴장이 풀리고 창작열도 오르기 시작했다. 뼈저린 이별도 멀리서 돌아볼 여유가 생기자 짧은 시일에 뜻밖에 많은 작품이 찾아왔다. 밀린 과제를 처리하듯.

지난해 늦가을부터 두 달 남짓 되는 기간에 지은 작품 중에 나름대로 만족도가 높은 것도 있고 마음에 들지 않아 눌러놓은 것도 있다. 내 창작 생애 40여 년으로 보면 1980년대 초 등단 전후의 습작기와 박사학위 논문이 통과된 뒤 여유가 생긴 1988년에 시집 한 권[1] 분량의 작품이 쏟아진 이후 세 번째로 왕성한 창작 결실을 맛보았다. 그만 칩거하고 평상심으로 돌아가서 그동안 실의에만 빠지지 않고 최소한 시인으로서 자존심은 지켰다고 증명이라도 해야 하지 않겠느냐고 보살핀 그분들 덕분이라 믿었다. 세상에 공짜는 없다고 하던가?

문득 애도哀悼는 애도愛道라는 생각이 들었다. 아무리 간절히 기다려도 영원히 만날 길은 없겠지만, 돌아가셨든 남아 살든 인연의 끈은 끊기지 않음을, 끊을 수 없

---

1) 이상호 제3시집 《시간의 자궁 속》, 문학아카데미, 1989.

음을 실감했다. 이번 시집은 영령들의 뜨거운 격려와 더불어 존재에 대한 절체절명의 시간에 겪은 체험으로 빚은 작품이 상당량에 이른다. 특히 그분들을 추모하는 의미로 모은 3부에 미발표 신작이 많다. 시간이 지나면 빛바랠 것이라 함께 묶어 내고 마음속 탈상 의례를 치르려 했다.

이번에는 애도 기간에 지은 작품들을 포함해 한 권의 시집에 실릴 분량으로는 비교적 많은[2] 99편을 골라 담았다. 시인으로서 창작은 계속되어야 한다는 자기 암시를 주기 위해 100편을 마저 채우지 않았다. 직전 시집에서도 밝혔듯 등단 초기에는 시인된 도리로서 10권 정도의 창작 시집을 갖고 싶었는데, 그 꿈이 실현된 뒤에도 계속 시를 짓는 건 행운이라 할까, 불행이라 할까? 속세가 늘 시에 목말라하게 삭막한 탓이거나 의술이 발달한 덕이리라.

몸과 마음이 어느 정도 시를 쓸 만하다면 특별히 붓을 꺾어야 할 변고가 돌발하지 않는 한 시인으로서 은퇴할 일은 없다. 나에게나 독자께나 시로서 최소한 쓸모없는 (물질, 경제) 쓸모(정신, 미학)라도 있다고 믿으면서 끝까지 창작에 매달리려 한다. 선생은 교단에서 쓰러지는

---

2) 그간 발행한 시집 10권은 60~80편, 70편 내외의 작품이 엮였다.

게 영광이라는데 그 기회는 이미 지나갔으니, 시인으로서 명이 다할 때까지 시를 짓게 상상력이 시들지 않으면 좋겠다. 번쩍거리는 현대문명 밖에서 서성이는 시는 언제나 위기이지만, 그런 까닭에 더욱 시인으로서 뜨겁게 고뇌하고 긴장해야 하리라.

3. 등단 초기에 아들의 첫 시집[3]을 보시고 "나는 잘 모르겠더라" 하신 아버지 말씀을 듣고 무척 놀라고 슬퍼한 나머지 습작기 시심의 주요 빛깔이었던 상징성 짙은 관념과 심상[4]을 묽히는 과정을 거치며 어릴 때의 자연 체험을 바탕으로 하는 서정시 쪽으로 돌아섰다. 물론 아버지만을 위한 시가 되어서는 안 되고 그럴 수도 없겠지만, 그렇다고 내 아버지도 잘 모르신다는 시나 끄적대는 꼴도 썩 달갑지는 않았다. 시상이 떠오를 때마다 아버지도 함께 따라오셔서 시성과 전달성을 어떻게 조화할지 갈등을 많이 겪었다. 연륜이 쌓이면서 서정성과 사회성을 날줄과 씨줄로 교직하는 이른바 신서징(신감각) 형식으로 확장하며 예까지 왔다. 갈수록 더 번거롭고 어지러운 시절을 나 몰라라 하긴 너무 안타

---

3) 이상호, 《금환식金環蝕》, 민족문화사, 1984.
4) 학창 시절 습작기에 김수영·김춘수·이승훈 시를 즐겨 감상한 영향인 듯하다.

깝고 부끄러워 어떤 형태로든 시인으로서 최소한의 책임감이라도 가져야 하지 않을까 하는 간절한 심정에서……

우리가 학창 시절에 배웠듯이 교재에 실린 시는 대부분 웬만하면 읊기(운율, 노래, rhythm) 좋게 부드러우면서 나름대로 감상할 만한 모양새였다. 꼭 그 시절 영향이라 단정치는 못하겠으나 대책 없이 괴팍하거나 난삽하며 장황한 시들에 넌덜머리가 났다. 이런 혐오감이 나에게 절실한 시의 씨앗을 찾아 체험적 정서와 시적 상상력을 절제된 언어로 형상화한 형태를 가장 시다운 시로 여기게 했는지 모르겠다. 시를 지을 때마다 수없이 읽고 읊기를 거듭하면서 최소 언어로 최대의 시적 효과를 내는 데 적실한 시어를 찾고 다듬는 길을 더듬었다. 그 과정이 미(味·美)적 정서와 안정감을 드높여 자유시를 지으면서도 시조처럼 각 행의 자구를 가지런히 맞추거나 시의 전체 모양을 고려한 작품이 늘어났다. 그래도 뜻한 대로 후련한 결실에 이르기는 어렵지만, 그럴수록 더 뜨거운 예술혼과 믿음을 가져야 시인 격에도 맞고 시다운 시를 빚을 수 있음을 잊지 않으려 했다.

참고로, 앞서 밝힌 대로 내 시의 내용에 대한 구체적인 해설은 일단 제쳐 두고[5], 다만 행의 장단을 맞춘 시

5) 지나치게 난해한 표현은 없기에 웬만하면 저마다 자유롭게 접근할

들의 모양새를 보이기 위해 길이가 대조적인 두 편을
보였다. 의미나 심상의 연관성과 질서를 깨뜨리지 않고
전체적으로 구문의 장단을 조절하는 일은 생각보다 어
려우나 그것을 고려하면서 이리저리 오래 망설이며 시
의 흐름에 딱 어울리는 시어를 골라 맞추는 과정은 그
자체로 예술적 고뇌이자 정제된 형식일 수 있어 즐거움
과 보람이 꽤 쏠쏠하였다.

짐승은 저마다 먹는 식물이 다르다고 한다.
(판다-댓잎, 누에-뽕잎 관계 같은 것일까)
은퇴한 뒤 숲해설가 자격증을 땄다는 벗이
이를테면 잡식성 인간을 겨냥해 한 말이다.
책상다리 빼고는 다 먹는다는 중국 속담이
인구 대국답게 잡식성 인간을 대변하였듯이
인간들 다툼의 태반은 먹이 탓일 수도 있다.

본능대로 살아도 짐승들은 여전히 순진하여
(친구 귀띔이 사실이기를 일단 믿고 보자면)
즐겨 먹는 식성이 달라 다툴 거리가 적은데
인간들은 기하급수로 팽창하는 인구를 위해
지혜를 총동원하여 먹을 만한 것은 다 먹게

수 있다고 본다.

온갖 식문화가 발달하고 진화를 거듭했어도
세계적으로 배곯는 이들이 부지기수인 지금
어떻게 해도 역부족임이 만천하에 드러났다.

갈수록 식구가 늘어나고 식량은 부족하다면
먹이다툼이 더 격해질 것은 불 보듯 뻔하니
인류 평화를 위해 묘책 하나 제안하고 싶다.
옛날 소승불교에서 내세운 회신멸지를 본떠
어쩌면 인간의 지혜 사용법을 몽땅 바꾼다면
지구의 각종 다툼이 좀 수그러들지 모르니까

짐승의 본능과 인간의 탐욕이 그리도 다르니
먼저 몸을 불태워 지혜를 없애려는 고육책은
생각할수록 기묘한데 과연 실현될 수 있을지
이게 문제지 인류가 자멸로 향하는 길이라서.

그러니 먹고사는 일들을 다시 생각해 보자면
지혜를 지나치게 쓰지 말고 짐승들 본능처럼
저마다 먹이를 달리해 다투지 않는 순정함을
찬찬히 찾아가며 잡식성을 줄이면 어떨는지?
앞으로나 뒤로나 낙원으로 갈 길은 막막해도
어떻게든 개똥밭에 굴러도 이승이 좋다 하니
너도 살고 나도 살며 함께 누리는 길 찾자고
　　　　　　　　　　　　　－〈답답한 궁리〉 전문

사랑은 싱싱한 채소 같아

함부로 돌리면 쉬 시들고

아무거나 받아먹지 않지.

입맛이 까다로운 사랑은

- 〈순정〉 전문

　이런 유형(類型, type)에 관심을 기울이는 나의 정성은 시조를 짓는 분(시조인)들이 오래된 현재이자 미래이기도 해야 할 시조의 근본 틀[定型]에 갇히는 게 답답해 자유시로 혼동할 만큼 3장(행) 형식을 풀어헤치는 인식에 대비될 듯하다. 이들과는 대조적으로 나는 오히려 자유시를 짓는 시인들이 필요 이상으로 지나치게 방만하고 장황하게 언어를 낭비한 일부 '방종시'(?)[6]에 대한 혐오감의 발로로 언어를 아끼고 감정을 절제하여 행을 가지런하게 배열하는 과정을 즐겼다. 그러니까 틀에 박힌 시조 형식[7]을 답답해하는 일부 시조인의 반발심 같은 작의를

---

6) 예술인의 자유는 존중받아야 마땅하나, 양식 등에 따른 최소한의 형식과 특성을 따르고 지켜야 한다고 보면 여러 면에서 너무 방종한 듯한 시.
7) 조선시대에는 시조의 경우, 형식보다는 주어진 틀에 저마다 어떤 내용을 어떻게 표현하여 개성을 확보하는가를 중시했다. 과거시험이나 오늘날 백일장에서는 주어진 글제를 저마다 어떻게 풀어내는가로 우열을 가렸듯, 각각 그 나름의 특성이 있다.

나는 그 반대로 자유시에서 구현한 셈이다. 남의 떡이 커 보인다는 속담에 비유할 바는 아니나 나름대로 의의가 있다고 자부한다.

우리의 시는 지금까지 정형시·자유시·산문시 형식, 즉 조금씩 산문적 성격이 가미되는 길로 확장된 갈래(樣式, genre)가 만들어졌다.[8] 또한 그리스 시대 서정시·서사시·극시[9] 등 세 유형으로 확장되는 출발점이자 핵이었던 '서정시'가 여태껏 앞의 세 형태에 머물러 있음을 헤아리면 시의 형식은 무척 깐깐하다.[10] 지금까지 동서고금을 막론하고 시인들이 아무리 자유롭고 창의적이며 실험적인 상상력을 발휘해도 그에 상응하는 별다른 결실을 얻지 못할 만큼 시의 형식은 철저히 보수

---

8) 동서양이 같다. 이는 대체로 세상이 복잡다단해지는 추이에 맞물린다. 즉 복잡해지는 대상을 담을 만한 그릇(형식)으로 확대하려는 예술 인식에 상응하는 의의가 있다. 반대로 그와는 상관없이 형식을 깨뜨리지 않고 내용을 압축하는 솜씨를 발휘해 전통을 계승하고 지키려는 예술혼도 있다.

9) 과거의 서정시는 오늘날 서정시·시 일반으로, 서사시는 서사시·소설로, 극시는 시극·희곡으로 확장됨으로써 서사시→소설, 극시→희곡으로 일부 산문화되었다.

10) 현재 계간 『시로여는세상』에서 연재하는 '시소설'이라는 이름의 글은 시도 아니고 소설도 아닌 아주 모호한 혼종 형태라서 양식적 판단이 어렵다. 시 전문지에서 다루는 조건만으로 시로 분류할 필요충분조건을 갖추었다고 할 수 없다.

적이고 제한적이다.[11] 시 형식으로서 가장 자유로운 산문시를 지을 때도 시인들이 최소한이라도 시 맛이 우러나게 세심한 주의를 기울임은 필연적이고도 당연한 이치의 소산이다. 심지어 수필에서도 '무형식의 형식'을 주요 특성의 하나로 꼽듯, 모든 예술 갈래는 그에 걸맞게 과거와 현재, 역사와 개인, 전통과 개성 등이 서로 계승/변화, 길항/조화, 지향/지양하면서 형성된 빛깔과 향기가 미래로 이어지기 마련인데, 그 변화의 폭이 지극히 한정적일 수밖에 없음을 위의 시 형식에 따른 갈래의 역사적 흐름이 뒷받침한다.

이러한 엄격한 변화 과정과 특성에 비춰볼 때 시조인들이 시조라는 명칭만이라도 고수하려는 뜻은 다소 이해할 수 있다. 그럼에도 한편으로는 정형시→자유시→산문시의 확장 과정을 고려해 시조도 자유시처럼 구문 배열을 저마다 다소 자유롭게 구성하여 형식적 개성을 나타내고 싶으면 '자유시조'라는 이름을 사용해도 좋을 만한데 아직은 이 명칭을 들어본 기억이 없다. 그래서 굳이 평시조나 연시조 형식[12]을 선택하고는 달갑지 않은

---

11) 러시아 형식주의자들은 처음에 형식에서 문학성을 찾으려 했으나 형식적 자율성이나 개성에는 근본 한계가 있음을 파악한 뒤 언어의 새로운 표현, 즉 '낯설게 하기'에 문학성이 있다고 보았다.
12) 현대시조에서 조선시대에 산문형으로 확장된 엇시조나 사설시

전통을 억지로 받아들인 듯 답답하다고 시조의 근본 틀을 저마다 각양각색으로 깨뜨리며 최소한의 자유라도 누리려는 일부 시조인의 시심은 아이러니하다.[13] 굳이 시조 양식을 선택한 까닭이 뭘까 궁금하다. 그래도 뚜렷한 현상이라 긍정 면에서 보자면 전통의 압박을 덜고 최소한의 자유라도 즐기려는 일부 현대 시조인과, 자유시 형식의 자유를 다만 얼마라도 스스로 절제하는(방종 심리를 억누르는) 과정에서 즐거움을 느끼는 나의 의도는 다 같이 주어진 예술 형식이나 작품 현상에 얽매인 숨통을 틔우려는 실험정신에서 비롯된 공통점과 그 나름의 의의는 있다고 하겠다.[14]

4-1. 속임수를 쓰는 등 벌써 인간 닮은 문제점들이 더러 나타나기는 해도, 이제는 거의 인류 보편적 관심사로 떠오를 만큼 인공지능이 우리의 인식에 깊숙이 파고들고 있다. 인간사에 거의 무차별적으로 간여하며 급속한 확장 발전이 이루어지는 지금 예술계라고 무관심

조 형식은 왜 보기 어려운지 궁금하다.
13) 평소에 시조의 전통성을 강조하시는 스승께 부분적으로 장을 해체한 시조에 대해 어떻게 생각하시느냐고 여쭈었더니 한마디로 시조가 아니라고 단언하셨다.
14) 꼭 한 번 이 문제를 다루고 싶었고, 나의 정형성 추구도 일부 그에 관련된 시적 발로임을 밝힌다.

할 수 없다.

문예지들에서 각종 특집을 마련하는가 하면, 얼마 전에는 한 일간지[15]에서도 시인 4명을 초청하여 'AI 백일장'을 실험적으로 열고 결과를 기사화한 적도 있다. 예술 가운데 비교적 가장 깊은 내면의 예술혼과 양심에서 길어 올리는 시 분야는 그래도 아직은 비교적 안전지대라 하겠으나, 그 백일장에 참여한 시인들이 "표현은 참신, 수정 요구할수록 내용 밋밋해져"라고 하면서 앞으로 시인들에게 숙제를 안겼다고 결론지었듯 새로운 과제를 외면하기 어렵다. 즉 자기 개성을 뚜렷이 살린 '진정성'이나 '내적 필연성' 같은 명제를 절박하게 인식하지 않으면 인공지능에 의존한 결과라고 비판받거나 오해하기 쉬움을 깊이 새겨야 한다.

4-2. 2026년 1월 1일 새해 첫날 아이들이 왔을 때, 이런저런 얘기를 나누다가 우리는 전례에 비춰볼 때 인공지능도 실업자를 양산할 수 있고 반대로 새로운 직업을 창출할 수도 있다는 식의 위기와 기회가 공존할 거라고 두루뭉술 예상했다. 그 끝에 내가 인공지능이 시인들에게도 영향을 미친다고 운을 떼자, 아들과

---

15) 『조선일보』 2025.12.23. A8면.

사위가 제미나이(Gemini)로 생성시킨 시를 보여주었다.

먼저 아들이 '이상호 시인'을 대상으로 시를 써 달라고 입력하자 금방 그럴듯한 자유시 한 편을 제시한 뒤 참고한 자료 두 가지의 제목을 덧붙였다. 확인하니 내 것은 아니고 누구 것인지도 몰라 동명이인으로 짐작했다. 작품은 겉으로는 기본 형식을 갖추고 얼핏 내 시 경향 같은 설명도 있으나 자료를 재편집한 한계가 뚜렷해 지시어의 구체성과 범주가 중요하다고 느꼈다. 사위가 좀 더 구체적으로 '한양대 교수이자 시인인 이상호'를 대상으로 시를 지어달라고 입력하자 또 도깨비방망이처럼 뚝딱 자유시 한 편을 생성해 다음과 같이 내놓았다.

캠퍼스에 남은 공식公式

캠퍼스의 은행나무는
매년 같은 각도로 노랗게 쓰러진다
자연도 반복을 배운다

나는 공학관 계단에 앉아
증명되지 않은 하루를 펼친다
커피는 식고
생각만 끓는다

바람이 지나갈 때
칠판에 남은 미분식이
잠깐 흔들린다
마치 답을 알고 있다는 듯

사람들은 미래로 바쁘게 이동하고
나는 잠시 멈추어
현재를 관측한다
이 순간의 오차범위는
심장 한 박동

한양의 저녁 종소리 아래
우리는 모두
완성되지 않은 공식
실패와 가설을 품은 채
내일로 대입된다

역시 비슷한 수준의 자유시 형식이다.[16] 약간의 시적 감수성과 재치를 통해 연을 나눈 형태로 전개하는 기술을 보여주었으나 모호하고 미숙한 표현이 많다. 시에서 모호성은 시적 진실에 이르고 예술성을 담보하기 위한 중요한 기능이다. 우주와 세계(자연+현실) 및 인간(존재+

---

16) 형식 범주를 따로 입력하지 않아도 연을 나눈 자유시 형식을 선호하는 행태는 가장 보편적인 자료를 표본으로 추론한 결과일 것이다.

삶) 같은, 내밀한 진실을 쉽게 유추하고 단정하기 어려운 대상에 다각으로 접근하여 그 실체를 구체적으로 엿보고 인식하도록 유도하기 위한 시적 의장의 하나이다. 이 시의 모호함은 그런 예술적 의도에 기인하기보다는 질적으로 미숙한 표현 탓이라 내적 필연성도, 시다운 맛과 멋도 느끼기 어렵다.

왜 그럴까? 첫 연에서 캠퍼스의 은행나무가 매년 같은 각도로 노랗게 쓰러진다고 멋을 부렸는데 오히려 거슬린다. '캠퍼스의 은행나무'는 밖의 일반 은행나무와는 달리 해마다 쓰러졌다가 다시 일어나는지? 시적 허용을 인정해도 은행나무가 쓰러지는 모습(상처, 절망, 죽음)과 은행나무잎이 노랗게 물드는 모양(변화, 낙엽, 순환, 미적)은 너무 거리가 멀다. 말하자면 진정성이 거의 없다. 마지막 구절 '자연도 반복을 배운다'로 처리한 대목도 억지이다. 자연이 '반복'을 배우는 게 아니라 자연의 섭리에 따른 반복 순환이다. 은행나무잎이 해마다 노랗게 물드는 현상은 은행나무가 학생처럼 학습한 결과가 아니라 겨울을 견뎌 살아남기 위한 식물의 생래적이고 본능적인 자구책(섭리)이다. 결과적으로 배움터를 추론한 끝에 자연을 학생에 빗대어 하대한 비유에 대해 배우는 자연이라거나 인간 친화적이라고 받아들일 만한 내적 필연성과 시적 감수성이 희박해 감동으로 이어지기 어렵다. 뒷부분도 시적으로 저급한 표현이 많아 전반적으로 볼품이 적다.

또한 한양대학교라면 공과대학이 유명한 사실에 초점을 맞추어 '이상호 시인'을 공대 교수쯤으로 잘못 추론하고 단정해 공식·각도·공학관·계단(정문 쪽에서 공학관에 가는 지름길은 계단을 올라야 함)·증명·미분식·오차범위·대입 같은 이공계 관련 단어들을 많이 끌어모으고, 심지어 시답잖은 약점만 노출할 뿐인 '한양'이라는 고유명사까지 직설한 기술 행태는 인공지능이 습득한 시의 특성에 대한 지식이 얼마나 얕팍한지 스스로 증명한다. 시는 되도록 직설하지 않고 우회하여 상상하고 유추하게 표현될수록 독자의 상상력과 호기심을 더욱 강하게 자극하는 매력을 발산하고 여운도 오래 남게 해 시답다는 호평을 받을 수 있다.

마지막으로, 요즘 우리 시단의 한 유행인 문장부호를 생략하는 버릇까지 닮은 점도 꼬집고 싶다. 문장부호가 비교적 단순하게 쓰이는 산문과는 달리 시에서는 미묘하게 기능함을 고려하면 참으로 몹쓸 유행까지 따라 한 꼴 불견이다.[17] 유행을 따른다는 말 자체에 이미 예술적 개

---

17) 소월과 목월 시의 완성 과정을 살피면 문장부호를 얼마나 아끼고 알뜰하게 다루었는지 알게 한다.

성 상실이라는 중증이 들어있다시피 요즘 많은 시인이 의식적이든 무의식적이든 귀찮다는 듯이 문장부호, 특히 마침표 생략을 시와 비시(산문)를 가름하는 표식처럼 여기는 모양이나 이는 정말 그냥 지나치지 못할 우습고도 씁쓸한 행태이다. 문장부호도 분명히 언어 구실을 하는데 표현 수단의 다양성을 망각하거나 포기하고 개성보다는 유행을 따라가는, 예술성을 말살하는 비예술적 행위를 자행하는 꼴이니 어찌 눈살을 찌푸리지 않을 수 있겠는가?

현실적으로 여러 가지 다양한 조건이나 상황 들을 고려하여 실험하거나 참고한 뒤 과학적이고 예술적인 결론을 내리기는 거의 불가능하다. 그래서 일단 한 예로서 앞의 두 작품에 국한하여 제기한 비판을 참고하면 적어도 시라는 예술성에 대한 습득 수준에 대해 단언하면 아직은 인공지능의 갈 길이 멀다고 판단할 수밖에 없다. 그러므로 위의 예시들은 예술 갈래 중에 상대적으로 가장 심오한 내적 논리에 의존하는 시의 표현 특성을 잘 습득하지 못한, 오로지 추론과 편집 기술에만 의존하는 생성 기계다운 요령부득의 표현력을 보여줄 따름이다.

그런데 한 가지 흥미를 끄는 일은 한 편의 시가 빠르

게 생성되는 과정을 목격한, 공학도인 아들의 행동이다. 그는 시인으로 등단하고 싶다며 도와달라는 둥, 짧은 시일에 수백 편을 만들어 많은 시집을 내겠다는 둥 흥분을 감추지 못하고 너스레를 떨었다. 어떻게 보면 시인인 제 아비가 자존심 상할 만한 말까지 스스럼없이 발설했다. 물론 농담인 줄 알면서도 짐짓 네 직업에 대한 긍지와 자존심도 없냐고 나무라도 계속 시(?)를 얻기 쉬운 편의성에 끌리는 듯했다. 시의 오묘한 특성을 깊이 이해할 리 없는 그를 통해 인공지능이 금방 뚝딱 생성하는 기술에 대한 일반인의 호기심이 어디로 뻗는지 살짝 엿보는 것 같아 앞으로 시인과 인공지능이 어떤 관계로 놓일지 한껏 궁금해졌다.

4-3. 이 글을 쓰면서 나도 한번 실험해 보았다. 내 휴대전화기로 제미나이에 "'겨울밤'으로 시를 부탁해."라고 입력했더니 곧 다음과 같은 설명과 작품이 생성되었다.

"겨울밤의 정취를 담아 마음이 따뜻해지는 시 한 편을 지어보았습니다. 차가운 공기와 대비되는 실내의 온기를 상상하면서 읽어 보세요. (시작 노트 격으로 작의를 전제한 듯-필자)

겨울밤의 대화

창문 틈으로 스며든 달빛이
은빛 실타래처럼 방바닥을 구릅니다.
세상은 이미 하얀 숨을 죽이고
어둠 속에 낮은 몸을 웅크린 시간.

주전자에선 보글보글 끓는 소리
익숙한 차 향기가 방 안을 채우면
바깥의 시린 바람은 남의 일인 듯
우리의 계절은 잠시 멈추어 서 있습니다.

말 없는 눈송이가 창틀에 내려앉듯
마음속에 묵혀두었던 사소한 기억들이
하나씩 등불 아래로 모여듭니다.

깊어가는 밤, 시린 계절의 끝에서
우리가 나누는 것은 체온이 아니라
서로의 고요를 보듬는 다정한 침묵입니다.
밤은 길고, 겨울은 깊어도
당신의 숨결이 닿은 이곳은
이미 봄이 시작되는 가장 따뜻한 자리입니다.

겨울밤의 차분한 분위기가 잘 느껴지시나요? 이 시

와 어울리는 따뜻한 겨울 풍경 이미지를 한 장 그려드
릴까요?

　혹은 다른 주제나 분위기로 시를 더 써보고 싶으신
가요?” (2026.01.03.04:25 생성)

　어쩌는지 보려고 형식 조건을 생략했더니 역시 연을
나눈 자유시 형식으로 처리해 그 성향을 확인케 했다.
그리고 표현 특성을 보면 ‘겨울밤’ 하면 대체로 느끼고
떠오를 만한 낯익은 단어들을 주워 모아서 부정적인
현실과 긍정적인 정신을 대비하려고 시련 상황에서도
희망은 도래한다고 마무리하였다. 앞의 생성 결과보다
는 시적 정감은 조금 짙어졌지만, 주로 겉모습을 파노
라마 형태로 대충 그린(sketch) 수준을 벗어나지는 못했
다.

　특히 지적하고 싶은 점은 시를 마무리한 부분이다.
앞에서 시적 화자를 ‘우리’로 이어가다가 갑자기 주체
(우리)의 일부인지 타자인지 모호한 ‘당신’에게로 시선
을 옮겨 ‘당신의 숨결이 닿은 이곳은/이미 봄이 시작되
는 가장 따뜻한 자리입니다.’라는 확정적인 문장으로
맺은 형태가 거슬린다. 즉 결구에 이르러 서로 다른 계
절을 사는 듯이 당신을 바라보면서 단순히 섭리에 기

대어 봄이 시작된다고 가르치듯 급격히 마무리한 볼품
없는 설정은 초보적이고 상투적이다. 이런 결구結構는
진정성이 부족해 웬만한 시에서는 보기 어렵다. 다만
한 가지 눈에 띄는 사실은 앞의 예와는 달리 쉼표와 마
침표 등 문장부호를 사용한 점이다. 각 연의 끝마다 기
계적(또는 통일성)으로 마침표를 찍은 형태로 보아 때에
따라 문장부호를 사용하는 점은 알게 했다.

5. 인공지능은 급속도로 발전할 것이다. 이미 조만간
지금보다 10배 이상 강력하고 특별한 초인공지능(ASI)
시대가 열린다는 말이 나온다. 이런 추세로 가면 이 기
기(또는 프로그램)가 앞으로 어디까지 어떻게 진화할지
누구도 구체적으로 가늠하기 어렵다. 다만 이미 많이
들 경험하고 거의 이구동성으로 언급하듯 우리는 시인
으로서 어느 정도는 인공지능의 성능을 극복할 길을
짐작하고 있다. 책상맡에 앉아서 머리나 손끝으로 조
작하는 기술을 부리기에 앞서 자기만의 체험을 성찰하
고 양심에서 우러나온 정서를 개성적으로 살려낼 표현
을 발명하여(새로운 문장으로 구성하여) 시로 빚는 경지만
은 인공지능이 감히 넘보지 못하리라는 예상 말이다.
인공지능이 시인들 개개인이 발로 뛰어 저마다 체득한

내밀하고도 진정성 있는 시혼까지는 들여다보고 추론하기는 불가능하므로.

이렇게 보면 시에 관해서만은 아무리 현대적인 감각이라 해도 지금까지 우리가 익히 알아 온 시다운 시를 빚어내는 핵심과 다르지 않다. 즉 개성이 반짝이는 작품을 빚으려는 시인의 예술적 열망은 예나 오늘이나 변함없는 진리로 통한다. 그러니까 인공지능도 걸작을 만들 수 있다고 쉽게 과대평가하거나 그것을 경쟁 상대로 취급하지 말고 대체로 '생성 기계'에 지나지 않을 것임을 증명하는 지름길 찾기에 고심하는 자세가 더 바람직하다. 앞으로 시인들은 인공지능의 발달을 두려워하기보다는 그것을 외면하지는 않되, 더 당당한 긍지로 용기를 북돋우면서 시인답게 뚜벅뚜벅 제 목소리 뚜렷한 저만의 길을 찾아 걷는 게 가장 중요한 관건이라 하겠다. 나부터 먼저 뼈에 새겨야 하리.□

시와함께(Along with Poetry) 시인선 039

이상호 시집

당돌한 물음

발 행 2026년 3월 3일

지은이 이상호

펴낸이 양소망

펴낸곳 도서출판 넓은마루

주 소 (03132) 서울특별시 종로구 삼일대로 30길21, 410호(낙원동, 종로오피스텔)

전 화 02-747-9897, 010-7513-8838

이메일 withpoem9@daum.net

출판등록 제2019호-000100호

인쇄 · 제본 (주)지엔피링크

저작권자 ⓒ 2026, 이상호

ISBN 979-11-90962-50-6(04810) 979-11-90962-04-9 (세트)

값 12,000원